W0297491

LE PACTE DES PROMESSES

Nicolas Boucher

Le pacte des promesses

Éditions Baudelaire

Envois de manuscrits :
Éditions Baudelaire – 27, place Bellecour – 69002 Lyon

PREMIÈRE PARTIE

1

« Le monde des adultes m'est incompréhensible. À chaque fois que j'essaie d'approcher leur logique, c'est un trou noir qui se présente à moi. La seule règle qui me vienne à l'esprit lorsque je les observe, c'est qu'il ne faut pas les écouter, jamais. Il est beaucoup plus intéressant de les observer réagir. C'est une vaste cérémonie carnavalesque. Leurs codes, leurs gestes, leurs actes sont baignés de fausseté.

Savent-ils qu'ils mentent ? Se rendent-ils compte de la stupidité de leurs comportements totalement absurdes ? Ils sont tout simplement pathétiques. Cette danse macabre faite d'un mélange d'hypocrisie et de bienséance ne mérite même pas d'être mise en musique. Ce bal des faux culs, expression des adultes, représente parfaitement leur autosatisfaction.

Je ne les supporte plus. Toute cette grisaille dans leur cœur m'offense. Le moindre début de conversation avec un inconnu m'agresse. Ils sont faux. Leurs sourires sont faux, leurs joies sont fausses, leurs regards sont falsifiés par leurs croyances incontestables. Ils se croient heureux, s'en persuadent, pourtant lorsque je me retrouve parmi eux, ce n'est que tristesse. Un profond chagrin qui m'étripe.

Aujourd'hui, j'ai quitté mon havre de paix pour aller acheter des légumes au marché. Et je les ai vus tous plus bouleversants les uns que les autres. Ou plutôt, les unes que les autres. Madame Machin venait acheter ses tomates, parce que c'est bon pour ses enfants. Nous sommes en janvier, comment peut-elle penser que *c'est bon pour les enfants* ?

Elle empoisonne ses propres bambins, elle leur file des maladies avec la plus grande bienveillance. Si j'essaie de lui expliquer que tous les fruits et légumes calibrés pour l'agroalimentaire sont gavés de pesticides, de produits toxiques, elle prendra peur. Je n'en peux plus des gens qui ne voient pas la vérité. S'enorgueillir de tuer sa progéniture, n'est-ce pas anéantissant ?

Un goût tellement amer m'envahit la bouche que je suis incapable de me souvenir de ce que je venais chercher. Rien ne m'attire, au contraire, ces denrées me débectent. Il suffit de jeter un œil sur les carottes pour se demander si elles ne sont pas sorties de l'industrie pornographique. Leur forme parfaite, leur taille immense, elles devraient seulement servir à se masturber, elles ont de toute façon moins de saveur que le sexe d'un mâle en rut.

Et ce groupe d'hommes qui se lamentent sur les quelques tags laissés par des jeunes en manque d'originalité. Je m'imagine ces mioches en train de prendre un risque qui leur paraît immense pour défier la société : aller écrire un grand *je vous emmerde* sur les murs des façades. Évidemment, il faudrait les jeter en prison, les torturer et puis les pendre. C'est tout ce qu'ils méritent, ces bons à rien incapables de réussir à l'école.

Moi, je les félicite. Qu'ils continuent à venir emmerder tous ces connards qui se lamentent de la guerre en Syrie quelques secondes devant leur écran de télévision lorsque Monsieur 20 heures leur dit de le faire. Qu'ils viennent insulter ces adultes perdus sous leurs dettes, leurs autos et leurs belles façades qui ne cachent qu'une destinée affligeante de découragement déplorable.

C'est pour cela que je hais ces adultes. Ils me transmettent leur médiocrité par tous les pores. Ils veulent m'entraîner dans leur trou noir d'insensibilité faite de contre-vérités rassurantes dégueulées par leur *télécran* abêtissant les abrutis. Que leur vie soit une succession d'inepties et contresens, c'est leur problème. Par pitié, qu'ils ne m'entraînent pas dans leur marasme. »

Lorsqu'elle découvrit ces lignes, Julie n'y retrouva pas l'homme qu'elle avait connu. Elle se souvenait parfaitement de lui. Étienne, M. Machin, son voisin d'enfance. Enfin, de son enfance à elle, car lui était beaucoup plus âgé, elle le trouvait même vieux, non pas vieux, âgé, c'est différent. Elle l'avait surnommé M. Machin, car lorsqu'il parlait de quelqu'un, c'était toujours en désignant Machin ou Truc, comme si leur nom ne l'intéressait pas.

Julie a 37 ans, trois enfants, un boulot de comptable dans une mégapole. Elle ne donne jamais le titre exact de sa fonction, car il est vide de sens. Elle passe ses journées à encoder et à vérifier des chiffres que ses collègues ont préalablement encodés et vérifiés, chiffres que leurs propres subalternes ont déjà vérifiés et encodés. Pour les *autres*, son travail doit être très intéressant, pour elle, c'est de l'alimentaire.

Julie ne supporte plus sa vie. Elle aspire à autre chose. Elle ne sait pas à quoi, mais elle sait qu'elle peut faire mieux. Elle veut s'épanouir. Pourtant, elle sourit, toujours. C'est une femme charmante, de l'extérieur, elle est heureuse. À l'intérieur, elle est perdue, elle ne sait plus rien. Elle divorce.

Sans raison aucune, elle n'aime plus son mari, tout simplement. Elle le trouve moche, insipide. Elle ne voit plus que le quarantenaire en lui. Elle a pourtant tout essayé pour retrouver la flamme qui l'avait unie à lui. Elle n'arrive pas à savoir pourquoi, mais elle *devait* partir.

Sa décision est prise, annoncée, elle le quitte. Que s'est-il passé ? Elle voudrait savoir. Le principal pour l'instant, c'est qu'elle *sente* qu'elle a pris la bonne décision.

2

Le week-end dernier, elle passa chercher son recommandé à la poste. Elle ne s'attendait pas à recevoir une caisse complète de manuscrits et de feuilles plus ou moins classées. Le nom ne lui disait rien : Dupont É. C'est lorsqu'elle se pencha pour lire l'adresse qu'elle comprit : c'était M. Machin. Elle se fit la réflexion qu'elle était certaine qu'il ne s'appelait pas Dupont et elle sourit. Elle reconnut tout de suite l'humour décalé de son voisin d'enfance.

Elle n'ouvrit la grande boîte en carton qu'une fois arrivée à la maison. Elle ne comprenait pas ce qu'il pouvait y avoir dedans. Cela faisait presque vingt ans qu'elle ne l'avait pas revu. Il devait avoir quel âge maintenant ? Soixante, quatre-vingt ? Il avait toujours été le vieux voisin, le voisin âgé plutôt. Pourquoi lui avait-il envoyé ceci ?

Une enveloppe était déposée sur un tas de feuilles. Sobre, simple, sans aucune originalité, il avait inscrit « Petite ». Julie sourit, car il l'avait toujours appelée comme cela, même lorsqu'elle eut dépassé le mètre septante aux alentours de ses 16 ans et qu'elle était *de facto* plus grande que lui.

« Chère Julie,

Ta maman m'a donné ton adresse. Elle a d'ailleurs été très étonnée de ma demande, mais je ne lui ai pas donné d'explications. Je présume qu'elle te posera des questions, c'est toi qui décideras de lui répondre ou non. Rappelle-toi : prends toujours des décisions réfléchies et *senties*.

Aujourd'hui, j'en suis à l'hiver de ma vie. Bien que celle-ci n'ait pas toujours été ensoleillée, je voulais t'envoyer tous mes souvenirs de ton enfance et de nos grandes conversations. Tu te souviens, c'est ainsi que tu les appelais. Tu venais chez moi du haut de ton mètre et avec toute ta jeunesse, tu me posais des questions auxquelles j'essayais de répondre. Tu rayonnais. Je les ai regroupés dans ces écrits que je te confie.

Tu as embelli les quelques journées pendant lesquelles je t'ai gardée. Bien entendu, la jeune fille a grandi. Tu as quitté le cocon familial. La vie est ainsi faite. J'ai eu quelques fois de tes nouvelles, mais je n'en demandais pas. Tu étais adulte, c'était à toi de t'envoler. J'espère simplement que tes ailes d'ange te portent loin et que tu es heureuse, Heureuse, avec une majuscule.

J'ai appris que tu t'étais mariée. Tu sais ce que j'en pense. Si tu l'Aimes, alors tu as bien fait. Sinon, mes conseils ne t'auront été d'aucune utilité dans cette décision. J'espère très sincèrement que la femme que tu es devenue est épanouie. Mais surtout, j'espère que tu as gardé tous tes rêves en toi, que tu as aiguisé ton âme de chercheuse de trésors à découvrir au fond des âmes.

Si j'ai choisi de t'envoyer tout ceci, c'est parce que j'estime que tu le mérites. De toute façon, le vieil aigri que je suis n'a plus d'amis et je n'ai pas eu le courage de tout brûler. Tu sais à quel point j'aime bien garder toutes les choses inutiles. Maintenant, ces manuscrits sont à toi.

Un jour certainement, tu rencontreras *qui tu sais*. Peut-être voudras-tu lui parler ? À l'époque tu aurais voulu. Ce jour-là, tu sauras si tu en as envie ou pas. J'espère au plus profond de moi que tu as tenu ta promesse de toujours garder ton esprit d'enfant, de demeurer ouverte, curieuse, pétillante. Je pense que oui, j'ai toujours cru en toi. Ce serait mon dernier chagrin que ce ne soit pas le cas.

Au revoir, petite.

M. Machin »

De nombreux souvenirs surgirent à de la lecture de cette lettre. Il avait signé M. Machin. Un sourire se posa sur le visage de Julie. Elle se souvint de cet épisode et du fou rire qui avait suivi. Cela faisait plusieurs fois qu'elle allait chez lui. Elle était en train de déguster un chocolat chaud qu'il lui avait préparé avant qu'elle n'attaque ses devoirs. Elle devait avoir neuf, peut-être dix ans, elle ne le connaissait pas bien ; il l'accueillait parfois, après l'école, les jours de mauvais temps : *« Tu ne vas pas te refroidir dehors quand même »*.

Elle était silencieuse lorsqu'il se retourna après avoir lavé la casserole dans laquelle il avait réchauffé la boisson lactée. Elle était impressionnée par son regard. C'était comme s'il rentrait dans son âme. Elle se souvint de son saisissement, car elle avait cru voir les yeux de Saint-Nicolas ou du Père Noël. Ils étaient rieurs, mais ils cherchaient intensément à savoir si elle avait commis une bêtise. Il lui demanda : « Je sais que tu t'appelles Julie, mais moi, comment je m'appelle ? »

Elle ne connaissait pas la réponse. Elle se sentit rougir, car ce n'était pas bien poli de ne pas mentionner le nom de la personne à qui on s'adressait. Sa langue, trop rapide, expulsa « Vous êtes M. Machin ». Il fut très étonné et la scruta. Elle eut l'impression qu'elle allait être punie, elle savait qu'elle venait de dire une énorme bêtise et elle aurait voulu disparaître, se retrouver loin de là, derrière les planètes les plus lointaines de l'univers. Elle voyait bien qu'elle l'avait déçu.

Il se retourna et ne rompit le silence que de longues minutes plus tard lorsqu'il eut tout rangé et essuyé. Il ne la regarda pas. Elle se souvient encore du ton de sa voix, de la tristesse avec laquelle il lui a dit : « M. Machin, c'est donc ainsi que l'on m'appelle dans le quartier… M. Machin ». De nouveau, la bouche de Julie dégaina plus vite que la politesse ne l'eut voulu. « Non, c'est moi qui vous appelle comme ça. Les autres, je ne sais pas, je ne les connais pas. Mais je ne connais pas votre nom, alors c'est M. Machin. »

Il se retourna vers elle, ses yeux la rassuraient avec bienveillance et elle eut tout de suite confiance en lui. Elle lui expliqua qu'elle l'avait surnommé ainsi. C'est lui qui appelait tout le monde madame machin, monsieur truc. Comme elle trouvait cela étrange, elle pensait que c'était amusant.

« Mais quand je parle de Machin ou Truc, c'est au lieu de dire "on". Je ne parle pas de quelqu'un en particulier, je sors des banalités qui pourraient être dites dans la bouche de n'importe qui. » Tout à coup, lui aussi trouva que c'était amusant. M. Machin, parce qu'il parlait ainsi. Il la regarda et éclata de rire. Il lui tendit la main, elle la serra comme ses parents lui avaient appris à le faire. Il prit une grosse voix et lui dit : « *Tu as raison, petite, je suis M. Machin. Enchanté, Julie.* » Elle éclata de rire au point que le chocolat lui revint par les narines.

Aujourd'hui, elle a presque quarante ans. Trente ans la séparent de cet épisode. Elle s'en souvient comme si c'était hier. Elle ferme les yeux en tenant la lettre dans la main. Elle entend leurs voix, leurs rires, se rappelle ses imitations et la façon dont il l'aidait à réussir à l'école. Elle a envie d'y être à nouveau. Courir avec son cartable et espérer qu'il pleuve pour qu'il lui ouvre la porte. Son esprit exhume l'odeur de cette boisson enfantine. Elle pourrait plonger dans son enfance et y retourner, elle se souvient de tout, comme toujours.

Pourquoi lui envoya-t-il tout ce courrier ? Cela fait maintenant presque vingt ans qu'elle ne l'a pas revu. Du moins, autrement que par une salutation lorsqu'elle allait rendre visite à sa maman. Elle avait bien été le voir une ou deux fois chez lui lorsqu'elle était à l'université, mais elle s'était éloignée de lui comme de son enfance. *Mais surtout, j'espère que tu as gardé tous tes rêves en toi, que tu as aiguisé ton âme de chercheuse de trésors à découvrir au fond des âmes.* Elle savait très bien de quoi il parlait, il lui avait appris cela.

« Ma petite, dans chaque être humain, il y a des trésors. Mais certains sont mauvais. Il faut que tu sois une chercheuse et que tu regardes au fond de l'âme de la personne qui est en face de toi. Lorsque tu trouves ce qu'elle contient, tu sauras si cette personne vaut la peine que tu sois avec elle ou non. Fuis les êtres vils comme la peste et donne ton amitié aux gens bons. As-tu compris, petite ? » Julie se répéta la phrase qu'elle n'avait pas comprise, *aux jambons.* Oui. L'humour de M. Machin lui manquait.

Elle se demanda à cet instant si elle avait gardé cette âme d'enfant. Si elle avait tenu sa promesse. Il avait pourtant insisté à presque chacune de leurs rencontres. Rester une enfant, non pas ne pas grandir ou être immature, mais garder son cœur pur. Elle se surprit à parler comme lui, à se différencier des adultes. Comme si entrer dans le monde des *grands* était synonyme de perversion, d'oubli de soi, de vieillesse.

Était-elle devenue vieille ? Bien sûr, elle n'était plus toute jeune. Mais avait-elle laissé partir la petite fille qui rejoignait M. Machin pour de grandes conversations. C'est ainsi qu'elle avait fini par définir leurs rencontres. Elle pouvait lui poser toutes les questions qu'elle voulait et il essayait de lui répondre. Il n'avait jamais balayé d'un revers de la main une seule de ses demandes en l'envoyant sur les roses comme les autres adultes. « Toutes les questions sont intéressantes. Les enfants doivent se les poser. Les adultes sont vieux parce qu'ils ne se posent plus de questions, ils ne s'émerveillent plus. » Elle parlait de nouveau comme lui.

Elle n'avait pas le temps de regarder plus loin dans cette boîte qui recelait toutes les lettres, les écrits, les pages d'une vie. Elle devait rester concentrée sur sa séparation, non, son *divorce*. Elle avait encore du mal à en parler, pourtant, c'était elle qui avait choisi de partir. Le mot lui faisait peur tout comme la vieillesse. Elle n'aimait ni la mort, ni les vieux. Ici, elle avait pourtant décrété que l'amour qu'elle portait à son mari était éteint. Elle avait prononcé la sentence ultime : la peine de mort.

Maintenant, la machine était en route. Elle devait préparer la fin de leur relation. Bientôt, elle ne savait pas quand, ils devraient rendre l'appartement, prévenir les enfants, la famille, les amis. Affronter les regards, les autres. Les juges et les victimes viendraient se plaindre, geindre, apporter une aide dont elle n'avait pas besoin. Elle voudrait gérer cela seule avec son mari de toujours, l'homme pour lequel elle n'a pas réussi à tenir sa promesse de l'aimer jusqu'à ce que la mort les sépare. La semaine suivante, il partait à la campagne avec leurs enfants, elle prendrait le temps de réfléchir de son côté. Elle rangea la caisse reçue et se promit d'y plonger rapidement.

3

Le vendredi arriva. Dès la fin de l'après-midi, lorsque sa famille fut partie, Julie se mit à l'aise et attaqua la lecture. Quelques instants auparavant, elle avait pris un texte au hasard dans le classeur intitulé « Pensées ». C'est ainsi qu'elle lut l'épisode du marché. Elle ne reconnut pas son ancien voisin. Que s'était-il passé pour qu'il soit aussi aigri ? Avait-il toujours été ainsi ? Elle n'avait vraiment aucun souvenir de lui disant du mal des gens, peut-être gardait-il ses opinions négatives pour lui ? Ou se libérait-il grâce à ses écrits ?

Elle relut le passage sur les adultes qu'il n'aimait pas. C'est vrai qu'il le lui avait souvent répété. M. Machin avait l'impression que les adultes avaient abandonné leur innocence, leur pureté pour une société basée sur l'individualisme et le profit. Julie se souvint qu'elle n'avait compris cela que lorsqu'elle lui avait parlé de ses idéaux pendant son adolescence. La première fois, il l'avait poussée dans les cordes en lui expliquant que justement, ce qui est idéal fait partie du monde des idées et non du réel.

Elle n'aima pas du tout ce texte de vieux grincheux alors qu'elle se souvenait de lui presque toujours jovial et souriant. Plusieurs fois, il lui avait raconté l'histoire de leur première rencontre, comme s'il ne voulait pas oublier et qu'il fallait qu'elle retienne l'événement également. Maintenant, elle était certaine qu'il avait dû l'écrire pour s'en souvenir aussi bien.

Elle retira tout de la caisse qui avait l'air bien ordonnée. Il y avait deux autres classeurs en plus : Julie et *qui tu sais*. Elle trouva une enveloppe au fond. Elle voulut l'ouvrir puis elle vit le commandement : « Julie, termine ton cheminement par cette lettre ». *Cheminement*. M. Machin avait donc encore un enseignement pour elle.

Elle sourit, car elle savait qu'il était ainsi, chaque expérience devait apporter ses réponses et ses solutions. Se questionner, toujours, sans arrêt, garder son âme d'enfant explorateur. C'est tout ce qu'il lui avait appris à chaque entrevue. Lorsqu'elle butait sur un problème, il souriait. Elle enrageait, car il pouvait rester de longues minutes sans rien dire à part « J'ai confiance en tes capacités, tu vas y arriver ». Plus elle pestait et plus il s'armait de patience, comme s'il voulait aspirer sa colère pour qu'elle puisse trouver la réponse d'elle-même. Et cela marchait. Mais que voulait-il cette fois ? Elle ouvrit le classeur à son nom et trouva la lettre recherchée.

« Quelle drôle de journée aujourd'hui. Il a plu tout le temps et je n'avais absolument rien envie de faire. Pourtant, quelque chose m'avait poussé à rester à l'intérieur. Évidemment, la pluie. Mais quelque chose de plus profond m'empêchait de sortir. Je n'avais pas envie de sortir, comme si je ne *pouvais* pas quitter la maison.

Mon esprit se baladait en toute sérénité vers toi. Comme d'habitude, depuis que je t'ai rencontrée, je me suis senti apaisé. Tu es mon guide, mon équilibre, tu parviens à me cadrer pour avancer face aux difficultés de la vie. Grâce à toi, je me sens serein, fort, vivant. Je me plais à imaginer tes yeux qui plongent dans les miens. Ils sont tellement emplis d'amour que tu regonfles ma confiance pour que je sois prêt à traverser les océans pour toi, pour un seul de tes baisers posés sur mes lèvres.

C'est à cet instant que j'ai entendu les enfants des voisins rentrer en courant. L'orage avait éclaté et les gouttes venaient s'écraser sur le sol telles des projectiles lancés depuis les nuages pour éclabousser le plus de diablotins possible. Je les ai regardés par la fenêtre, ils étaient trempés mais joyeux. C'est toujours un de meilleurs moments de la journée de les entendre rire. De la joie à revendre… M'en donneras-tu un jour ?

J'ai continué à les suivre des yeux. Heureusement, car la voisine n'était pas là et sa fille était coincée devant la porte. Je n'osais pas trop la faire rentrer à la maison, de peur que l'on me colle une histoire invraisemblable sur le dos. En quelques instants, je me suis raisonné. Le monde n'est tout de même pas aussi cinglé que cela.

Je n'étais même pas certain de connaître son prénom. C'était bien Julie, je ne m'étais pas trompé. J'ai appris plus tard qu'elle venait d'avoir dix ans. Elle était humide jusqu'aux os. Je l'ai hélée, mais elle n'a pas osé bouger. J'étais étonné qu'elle préfère rester sous le déluge. Elle n'allait tout de même pas se refroidir dehors. J'ai vite écrit un petit mot à coller sur la porte de ses parents puis je suis rentré laissant la mienne ouverte au cas où elle se déciderait.

J'ai à peine eu le temps de mettre le chocolat sur le feu que la petite demoiselle trempée était dans le salon. Elle a refermé la porte et m'a regardé. Avec la pluie, je n'avais même pas remarqué qu'elle pleurait. Entre deux sanglots, elle est parvenue à me dire : « Je n'ai pas le droit d'aller chez les étrangers, mais j'ai trop froid ». Sa tristesse m'a brisé le cœur.

Son sourire est vite revenu lorsque je lui ai expliqué que j'avais écrit un petit mot et que sa maman comprendrait. Du moins, je pensais à ce moment que ce serait le cas. Pourtant, lorsqu'elle a sonné une heure plus tard, j'ai vu une maman en colère contre sa petite fille. Comment peut-on laisser son enfant dehors par un temps pareil ? Nous ne ferons pas comme cela avec le nôtre.

Sa bonne humeur s'était installée. Elle sentait le délicat parfum de chocolat chaud. Tu sais, celui que tu as découvert en Suisse lorsque tu es venue me rejoindre. J'en ai toujours à la maison. C'était une belle occasion de le faire mijoter à l'ancienne. Elle était un peu plus timide que toi, mais elle l'a vraiment apprécié. Elle se réchauffait et n'osait encore rien dire.

Lorsqu'elle eut fini sa tasse, elle me parla enfin. « Je dois faire mes devoirs, est-ce que je peux les commencer ici ? ». Tu te rends compte, cette petite demoiselle n'ose pas rentrer chez moi alors qu'il pleut, elle ne me dit rien et ses premières paroles concernent ses devoirs. J'espère que nous aurons un enfant comme elle lorsque nous déciderons de faire un bébé.

Par contre, pour ses devoirs, c'était une autre paire de manches. Mademoiselle ne comprenait pas ce qu'on lui demandait. Enfin, c'est plutôt que la réponse ne la satisfaisait pas, car elle ne pouvait pas être correcte. Voici le problème : des enfants partent au fond du jardin ramasser des framboises. Suivant ce qui avait été cueilli, mangé ou ramené, il fallait savoir combien de kilos pouvaient être utilisés pour la confiture. Seulement la réponse ne lui convenait pas : 10 kg.

J'ai vérifié : elle avait la bonne réponse. J'ai refait les calculs avec elle, ligne par ligne pour lui montrer qu'elle avait raison. Mais elle n'en démordait pas, cela ne pouvait pas être cela. C'était impossible à ses yeux. Je lui ai proposé d'attendre le lendemain pour voir avec la maîtresse et, en attendant, de passer aux problèmes suivants qu'elle a également très bien résolus.

Quelque chose d'étrange s'est passé à cet instant. Je suis allé répondre au téléphone et lorsque je suis revenu, j'ai vu qu'elle pleurait. Elle a bien essayé de cacher ses larmes, mais elle sanglotait. Je *sentais* de la colère et de la rage en elle. Elle paraissait si fragile, pourtant, il y avait de la puissance. Je l'ai regardée et je lui ai demandé si c'était à cause du problème des framboises. Elle a hoché la tête. Par chance, je lui ai demandé : « Pourquoi, quel est le problème ? »

Elle m'a répondu que la réponse *ne pouvait pas* être bonne. Elle savait qu'elle avait tort même si les calculs avaient l'air bien. Je lui ai proposé un verre d'eau et lui ai demandé de se calmer pour qu'elle m'explique tranquillement son histoire. À ce moment-là, j'ai vu l'illumination dans ses yeux. Elle est passée des pleurs à un sourire forcé, mais elle voyait que je la croyais et que je voulais réellement comprendre.

Figure-toi qu'il ne pouvait pas y avoir 10 kg de framboises au jardin. Son papa a planté des framboisiers chez elle. Elle avait constaté que les fruits ne mûrissent pas tous en même temps. En plus, les framboises sont toutes légères. Pour avoir 10 kg, il faudrait avoir quelque chose de beaucoup plus grand que les quelques framboisiers d'un jardin familial. Pour elle, sa réponse ne pouvait donc pas être bonne. Sa rage était en train de s'éteindre et j'ai osé un « Et si la maîtresse ne s'y connaissait pas en framboises ? »

Je pense que cette petite n'aimait pas avoir de doutes, car de nouveau, j'entendis le « c'est impossible ! ». Je marchais sur des œufs et je lui demandai tout simplement « Pourquoi ? ». C'est ainsi que j'appris qu'une maîtresse devait tout savoir, car comme elle donnait cours aux enfants qui allaient être médecins, ingénieurs, astronautes ou même professeurs, elle devait être capable de répondre à toutes leurs questions. Et donc, elle *devait* tout savoir.

Nous étions en train de débattre de la possibilité qu'elle ne soit pas une spécialiste des framboises lorsque sa maman est venue la chercher. Le moins qu'on puisse dire, c'est que cette dernière n'était pas contente. J'espère que j'aurai l'occasion de rediscuter avec elle.

En tout cas, mon Amour, si un jour nous avons une fille, je souhaite qu'elle soit du même acabit que la petite. »

Julie souriait en relisant cette histoire qu'elle avait entendue des dizaines de fois. C'était même devenu une de leurs échappatoires. Encore aujourd'hui, lorsque quelque chose ne lui paraît pas logique, elle se souvient des framboises. Elle s'est même surprise un jour à répondre à son chef: « Je ne pense pas que vous vous y connaissiez en framboises ».

Par contre, elle ne savait pas qu'il espérait avoir des enfants avec *qui tu sais*. Il n'en a d'ailleurs jamais eu. Pourtant, elle était persuadée qu'il aurait été un bon père. Il était tellement aimant et patient avec elle. Il donnait l'impression d'être solide comme un chêne, souple comme un roseau, sage comme un maître chinois et puissant comme un ogre. Il avait surtout une bonté exceptionnelle. Elle l'avait toujours ressentie. Elle n'a d'ailleurs jamais compris comment certains, dans le voisinage et dans la vie, pouvaient le haïr à ce point. C'est vrai qu'il était différent, toujours *décalé*. Mais elle appréciait cela chez lui.

Bien des années plus tard, lorsqu'elle-même eut des enfants, sa mère lui avoua que c'était parce qu'elle le trouvait *bizarre* qu'elle avait eu peur ce jour de pluie où elle avait été compter les framboises chez lui. Puis lorsqu'elle vit les résultats scolaires et le sourire de sa petite Julie, *qui n'est plus si petite que ça*, elle ne dit plus rien. Elle avait confiance en eux.

À vrai dire, s'il n'avait pas répété l'histoire de leur première rencontre tant de fois, elle ne se serait certainement pas rappelé le problème de mathématique. Elle, elle en retenait surtout qu'elle avait eu si froid qu'elle en grelottait. Elle savait qu'elle ne pouvait pas aller chez n'importe qui, mais elle avait eu l'impression qu'elle allait se figer sur place. Et puis, cette odeur de chocolat lui revient constamment. À chaque fois qu'elle est retournée chez lui, c'était ce qu'elle demandait. Parfois, même en plein milieu de l'été, alors que tout le monde mangeait une glace.

Pourquoi cet homme qui aimait tant les enfants n'en avait-il pas eu ? C'est tellement différent. Une femme aurait quitté un homme qui n'en voulait pas si elle-même en désirait, tandis que lui n'a pas trouvé la personne pour ce projet de vie. Elle connaissait pourtant la réponse, car il lui avait déjà dit des milliers de fois : c'est avec *qui tu sais* que j'en aurai, avec personne d'autre. Il aura tenu sa promesse, comme toujours.

4

Julie se souvient encore aujourd'hui de l'image de lui lorsqu'il était amoureux. La première fois qu'elle l'avait remarqué, c'était l'été de ses dix ans. Il était parti en vacances avec son étoile. C'est ainsi qu'il parlait d'elle lorsqu'il qualifiait leur amour. C'était le berger qui se faisait guider dans la nuit. Elle était là pour lui, il était là pour elle. Il la vénérait vraiment.

Leur chanson à eux parlait de capitaine, ils choisirent donc naturellement de voyager sur un lac. M. Machin a toujours aimé les sports extérieurs et il pratiquait la voile. C'est ainsi qu'ils partirent quelque temps sur le lac Balaton en Hongrie. Il revint étincelant, glorieux, heureux. Il souriait tout le temps, il ne parlait que d'elle, il était raide dingue d'elle comme il disait.

Comme il n'y avait pas école, Julie allait moins souvent chez lui. Un jour cependant, il lui demanda de vite venir à la maison. Il avait fait développer les photos. Le couple était magnifique. Même sur papier glacé, il était possible de ressentir tout leur amour. Ses yeux à lui étaient perçants, mais il y avait également ses yeux à elle : c'était vraiment son étoile.

C'est ainsi que la petite fille de dix ans s'était moquée de lui parce qu'il était amoureux. Ils avaient ri tous les deux jusqu'à ce qu'il lui demande. « Pourquoi me taquines-tu sur le fait que j'aime profondément quelqu'un ? » Cette phrase lui revient maintenant d'un passé lointain pour lui rappeler à quel point c'est beau un homme qui aime.

Elle se souvient également du sourire idiot placé sur son visage, mais il était différent. Évidemment, il était âgé, mais quelque chose l'avait marquée en tant que petite fille : c'était un adulte qui pensait comme les enfants. Trente ans plus tard, elle se dit que c'était cela : il était amoureux comme un gosse. De toutes ses tripes, de toute son âme ; il ne pouvait pas faire autrement, car il était entier.

Comme toutes les gamines, elle espérait un jour être habillée de blanc et, devant tout le monde, prononcer le fameux « oui » et avoir de nombreux enfants. Dix ans plus tard, son amour est fané. Elle se demande si son mari l'a regardée une seule fois comme M. Machin avait regardé son étoile.

Qu'elle ait été éperdument amoureuse de son mari, elle n'en doute pas un instant. Mais l'a-t-elle été comme le berger pour son étoile ? Ou plutôt, l'amoureux pour son étoile. Car c'est ainsi qu'elle le nommait, son amoureux. Peut-on même concevoir que cela arrive ailleurs que dans les livres ?

Lorsqu'elle rencontra son futur mari, tout se passa très vite. Ils partirent en week-end et ne se quittèrent plus jamais. Elle le trouva charmant dès le début, il se laissa guider. Ils eurent trois enfants magnifiques. Et elle se lassa. Pourquoi ? Si seulement elle avait la réponse, peut-être aurait-elle pu y remédier. Aujourd'hui, se souvient-elle encore de son sourire à lui ? De la façon dont il la regardait ? De leur amour ? Qu'est-ce qu'aimer ?

Elle avait posé la question à l'époque. Elle se souvient qu'une fois de plus, personne ne voulait lui répondre. Aucun adulte n'en avait été capable. M. Machin, oui. Il lui avait retourné la question :

« Qu'en penses-tu ? » Évidemment, une enfant de dix ans n'a pas les mêmes réponses que les grands pourtant, ils avaient l'air sur la même longueur d'onde.

D'après elle, le garçon devait être gentil, beau, du moins à son goût parce que certaines préfèrent les blonds d'autres les bruns. Et surtout quand elle le voyait, il fallait qu'elle sente quelque chose de bizarre dans son estomac, comme s'il allait lâcher. Si en plus elle devenait toute rouge, c'est que c'était le bon garçon.

Cette fois, son voisin s'était transformé en artiste comédien. Elle avait presque eu peur qu'il soit devenu fou. Il prit une voix à la Salvador Dalí et lui expliqua qu'elle avait tout à fait raison : « Le ventre doit se tordre de bonheur, le cœur doit battre si vite et si fort qu'on doit l'entendre de New York à Moscou et même sur la lune. »

Mais surtout, il fallait faire confiance à son don de chercheur de trésors, à découvrir au fond des âmes. D'abord, on entre par les yeux en allant le plus profond possible. Attention, il faut que les deux le fassent, sinon, ce n'est pas le véritable Amour. Puis ils doivent aller à la rencontre du secret de l'autre. S'ils y parviennent et que ce sont de bons, de beaux secrets, alors, ils sont faits l'un pour l'autre. Pouvoir tenir ce regard de l'honnêteté, de l'entièreté et de l'Amour est le plus important.

Il parlait souvent des regards. Pour lui, il fallait être capable de voir et de ressentir ce que les *autres* ne voyaient pas. Il fallait garder son cœur pur, croire à tout ce qui était possible et même au-delà. Puis il fallait rajouter une dose de poésie. D'après lui, ce sont les artistes qui avaient raison. Si leur œuvre était belle, c'est qu'ils y avaient mis de l'amour, pour cela, il fallait qu'ils l'aient rencontré.

« Mon étoile,

Tu es la plus belle richesse qui me soit arrivée dans la vie. Depuis que je suis à toi, je vois le monde *différemment*. Je me rends compte que les couleurs sont plus éclatantes, que les éléments sont plus harmonieux, que la magie de la nature est bien réelle. Tu as rendu mon cœur léger, car il est rempli d'amour.

Je n'ai jamais réellement cru aux mots des poètes. Je ne comprenais pas les termes de beauté éternelle, d'amour inconditionnel, de bonheur intense, de joie universelle. Mon cœur avait déjà vibré pour d'autres femmes, certes. Je m'étais déjà laissé chavirer dans d'autres bras, entre d'autres jambes, mais je ne retrouvais pas ce qui se trouvait dans les livres.

Puis un jour, je t'ai rencontrée. Tu es entrée dans ma vie le plus naturellement du monde. Presque sur la pointe des pieds. Nous nous sommes parlé, pris les mains, embrassés, caressés. Quelques heures plus tôt, j'avais eu le courage de te dire que mon âme t'avait reconnue, que mon corps et mon esprit *savaient* que tu étais celle que j'attendais.

Nous avons parlé, nous avons été patients dans la découverte de nos affinités et nous avons fait l'amour. C'était bien au-delà de l'accouplement de deux personnes qui se donnent l'une à l'autre. Nos âmes se sont unies. Dans l'acte du don de soi, dans la recherche commune de plaisir, ce sont surtout nos essences qui se sont aimées, Aimées.

La noblesse de notre amour mérite d'être contée. L'harmonie de notre union doit être mise en musique. L'allégorie de nos sentiments donne une peinture digne des plus grands chefs-d'œuvre. Nous sommes l'inspiration pour les artistes du monde entier. Lorsqu'ils nous regardent au travers de leurs yeux *différents*, ils voient l'Amour.

Je t'aime.

Ton Amoureux. »

L'esprit de Julie s'ouvrit à une évidence qu'elle avait toujours contournée. Les yeux de M. Machin étaient *différents*, car c'étaient les yeux d'un poète. Ce n'étaient pas seulement les entrailles qui étaient sondées, c'est l'éther qui devait être aspiré : ce parfum enivrant qui permet de cerner la personne qui est en face de soi, de la connaître, de la sentir, de l'appréhender.

Elle se souvint qu'il insistait toujours sur le fait de bien écouter les autres. Pas seulement par l'ouïe. Il fallait considérer toutes les informations pour les comprendre, les connaître. « Beaucoup de petites blessures peuvent être évitées si tu discernes la personne en face de toi », lui répétait-il. Mieux, si tu ressens que la personne est triste, tu peux lui sourire, si elle est en colère, tu peux l'apaiser. Et lorsque tu découvres que la personne aime, tu le sentiras au plus profond de toi.

Il n'arrivait pas toujours à s'exprimer avec des mots, mais il trouvait des situations, des exemples qui lui permettaient de bien se faire comprendre. Cette fois, ils avaient une grande conversation sur la manifestation de l'amour. Elle lui avait demandé : « Mais comment voit-on que c'est vraiment de l'amour, comment on sait, c'est quoi les signes ? »

Ils discutaient tous les deux à propos des symptômes dans l'estomac, de battements, de rougeurs, mais ce n'était pas de cela dont elle voulait parler. Peut-être parce qu'elle n'avait pas encore assez vécu tout cela. Ils discutaient des adultes. Il lui avait parlé de ses parents, mais elle avait trouvé que c'était un mauvais exemple, ils ne s'aimaient pas. « En tous cas, certainement plus ! », avait-elle ajouté. Il était resté fermé. De nouveau une répartie trop rapide. Il n'avait pas relevé, il avait juste ajouté lucidement : « Au moins, tu sais déjà reconnaître ce qui n'est pas l'amour ».

Ils n'en avaient plus parlé pendant quelques semaines, puis il lui avait demandé si elle allait à l'église. Évidemment, comme beaucoup d'enfants elle avait fait sa petite communion, elle allait au catéchisme et elle apprenait la parole de Jésus et de Dieu. « Que dit cette parole, petite ? ». Elle ne savait que répondre, car il y avait tellement à dire qu'un énorme livre à ce sujet avait été écrit reprenant plusieurs fois la même histoire. La première chose qui lui vint fut : « Aimez-vous les uns les autres ». Mais de quel type d'amour ? Celui d'amoureux ? Ce jour-là, elle comprit que cela pouvait englober beaucoup de choses. Elle se rappelle que du haut de son mètre, elle avait ouvert les yeux sur une des plus belles choses du monde : l'amour et les multiples formes qu'il pouvait prendre.

Un des premiers moments magiques avec M. Machin lui revint à l'esprit. Alors qu'elle allait vers ses onze ans, il l'avait emmenée à la cathédrale. Sa maman les avait autorisés à s'y rendre pour aller écouter un concert de chœurs sur des musiques de Mozart, Bach et Verdi. Elle se souvient qu'il était venu vêtu d'un costume très élégant, elle ne l'avait jamais vu ainsi. Il lui expliqua que la grande musique se respecte et qu'il ne pouvait faire autrement que d'essayer d'être beau pour l'écouter.

Sur le chemin, ils eurent une grande conversation sur Dieu et son existence. C'est ainsi qu'elle apprit deux choses importantes : la première était le mot agnosticisme. Elle ne comprit d'ailleurs pas pourquoi les adultes ne lui en avaient pas parlé avant. C'est tellement simple : on ne peut pas prouver si Dieu existe, mais on ne peut pas prouver qu'il n'existe pas. M. Machin venait de lui expliquer ce qu'elle avait demandé à maintes reprises à Sœur Suzanne qui lui répondait systématiquement qu'il fallait croire. Pour la deuxième chose à retenir, M. Machin rejoignait la religieuse. « Peu importe ce que l'on croyait, il fallait croire ». Elle lui avait demandé s'il croyait en Dieu et il la dévisagea perplexe en répondant qu'il était agnostique. Pour elle, ce n'était pas logique, ce n'est pas parce qu'on ne pouvait pas prouver l'existence de Dieu qu'on n'avait pas le droit de croire qu'il existait. Ils avaient ri tous les deux de cette grande vérité. « Petite, tu as raison ».

« Alors, vous croyez en quoi ? ». Julie se rappelle encore de l'embarras suscité par cette question, car il y eut un silence gêné. Elle avait même eu la *sensation* que M. Machin dégageait de la tristesse. Avec un sourire résigné, il lui répondit. « Je crois en mon étoile. Je ne parle pas de chance, mais de mon Amour, de mon guide, de celle que j'Aime. »

Lorsqu'ils arrivèrent à la cathédrale, leurs places étaient réservées dans un des plus beaux endroits. Il connaissait beaucoup de monde. C'était étrange, de nombreuses personnes vinrent lui serrer la main. C'était paradoxal, dans sa rue, personne ne le connaissait. Julie était émerveillée, elle rentrait dans le monde des grands, ceux qui appréciaient la belle musique. Elle avait déjà entendu des morceaux de musique classique à l'école, mais elle n'en avait pas retenu grand-chose de particulier.

Par contre, elle garde de cette soirée avec M. Machin un souvenir impérissable. Peut-être parce que pour la première fois, elle a réellement cru en Dieu. En tant qu'adulte aujourd'hui, elle qualifierait plutôt cela de *mysticisme*. Elle avait été en communion avec la nature, la religion et la musique.

Les premières notes chantées l'ont tout de suite bercée. Elle regardait tout autour d'elle. Que cela vienne de la lumière, de la décoration, des autres personnes ou de la musique elle-même, quelque chose l'emportait. Elle voulut demander à M. Machin si c'était normal, mais il avait fermé les yeux. Il ne dormait pas, il méditait. Elle avait fait comme lui et elle s'est sentie apaisée, elle n'était pas une enfant dans le monde, non, elle était en communion avec lui, avec l'humanité. Elle le *sentait*. Il y avait la paix et la sérénité autour d'eux. Ils étaient unis dans et par la musique.

Le plus extraordinaire cette soirée-là, c'est qu'ils n'avaient pas parlé sur le retour. Ils sont rentrés à pied, lentement, perdus dans la nuit. Tout le long de leur promenade, elle essayait de cerner cet être étrange qui l'avait emmenée partager cette expérience. Une question la taraudait, mais elle n'osait pas la poser. Arrivée à la maison, juste avant qu'elle ne sonne chez elle, elle sut que c'était le moment de la poser, car il était revenu dans le monde réel. Elle lui demanda : « Pourquoi vous avez pleuré ? Vous êtes triste ? ». Tout simplement parce que c'était Beau, lui dit-il. Il avait rajouté « avec un B majuscule ». Pour la première fois, il n'avait pas tout dit. Il n'avait pas menti, mais elle avait été attaquée par l'immense chagrin qui l'habitait. Lui qui lui paraissait si fort jusque-là avait une déchirure, une cicatrice purulente. Il avait essayé de se cacher, mais elle l'avait percé à jour.

5

Tous ces souvenirs d'enfance plongent Julie dans une réflexion profonde. A-t-elle gardé son âme de chercheuse ? Depuis combien de temps n'a-t-elle pas cherché à sonder les *autres* ? Mais surtout quand, pour la dernière fois, s'est-elle laissée emballer par l'art ? M. Machin lui avait ouvert les portes sensorielles de la découverte de ce qu'il appelait les poètes. Elle s'était faite bercer de nombreuses fois par des opéras, avait ri ou pleuré au théâtre, avait été envoûtée par les œuvres peintes et sculptées.

À l'adolescence, elle avait découvert plusieurs artistes majeurs grâce à ses cours d'histoire. Aucun professeur de ces branches ne l'avait réellement marquée. Pourtant, elle se souviendrait toujours d'une guide dans un des musées de la capitale. Ils visitaient, avec la classe, une exposition consacrée à Giacometti. Elle fut ébranlée par la femme-cuiller. Pendant que les élèves s'évertuaient à trouver des formes du mouvement cubiste, elle avait compris cette œuvre. Elle avait *ressenti* ce que l'artiste avait voulu faire passer.

Là où tout le monde avait vu la femme enceinte parce que la forme du couvert pouvait s'y prêter, elle avait vu l'*essence*. Lorsque la guide demanda à la classe ce qu'il fallait y voir, la pensée de Julie jaillit : « Il veut un ventre qui porte un enfant, mais il ne peut pas ». Toute la classe éclata de rire, car il était évident pour eux qu'il ne pouvait pas porter la progéniture, puisqu'il était un homme. Pourtant, elle avait senti qu'il ne *pouvait* pas. Que ce soit la tête, les seins, les pieds, tout était brut, cassant, sauf le ventre. Il était doux, les jambes ouvertes prêtes à donner la vie. Il ne *pouvait* pas.

La guide fit taire le brouhaha et continua : « Effectivement, comme mademoiselle le savait certainement, l'artiste était stérile ». Julie murmura pour elle-même qu'elle ne le savait pas, mais l'oratrice l'entendit. Elle plongea les yeux dans les siens pour chercher l'erreur. « Comment le savais-tu alors ? ». « Parce que cela se voit. » De nouveau, des ricanements d'élève s'entendirent. L'événement s'arrêta là.

La guide vint la voir après la visite. « Tu ne savais vraiment pas ? ». L'adolescente qu'elle était retint ses larmes. Elle ne mentait *jamais*. Elle en était incapable, surtout pour quelque chose d'aussi futile. C'est ainsi qu'elle apprit que très peu de gens arrivaient à comprendre les messages des artistes. Évidemment qu'elle ne les comprendrait pas tous, mais si elle arrivait à faire évoluer sa sensibilité, elle pourrait élever son esprit vers une certaine harmonie avec les poètes.

Poètes, c'était le mot qu'elle avait utilisé. Le même que M. Machin. Cette fois, c'était Julie qui voulait percer le secret de cette femme. Connaissait-elle son voisin ? Pourquoi avait-elle utilisé le même mot ? Pourquoi pas sculpteur ou esthète ? Non, elle avait dit *poète*. Sa professeure vint les interrompre par un « tu dois vraiment toujours te faire remarquer, toi » ! Julie avait pourtant *compris*.

En repensant à cet épisode de Giacometti, elle se demande depuis quand elle n'a pas rencontré quelqu'un capable de s'émerveiller devant l'art, pas uniquement pour aller dans les musées et garder le ticket de l'exposition qu'il fallait voir, mais pour sentir les tripes qui se retournent devant une peinture, les larmes qui roulent sur les joues à l'écoute d'un requiem, la haine qui tourmente l'individu devant l'horreur imagée au travers d'une lecture. Dans son entourage, qui est capable de faire cela ? Et son mari, y est-il sensible ? Tout à coup, elle ne se souvient même pas d'avoir partagé des activités culturelles avec lui.

Lorsqu'elle fut en âge de rentrer à l'université, elle voulait être historienne de l'art, étudier les *poètes*. Évidemment, ses parents l'ont vite découragée. Même son père qui était plus apte à la gâter depuis qu'il avait quitté le domicile familial quelques années plus tôt la sermonna. « C'est bon pour les saltimbanques et les pédés » s'était-il écrié. Le choc de la phrase reflue dans son estomac même vingt ans plus tard. Ce n'est pas tant le fait d'avoir essuyé un refus que d'avoir entendu stigmatiser, discriminer avec mépris une partie de la population, de l'humanité. Comment son propre père avait-il pu tomber si bas ? Elle insista pendant toute sa terminale auprès de ses parents, mais c'est bien en école de commerce qu'elle s'inscrivit. Elle n'avait plus la force de se battre pour sa passion.

Les années à l'université se sont enchaînées sur des notes brillantes. Elle fut même étonnée de la médiocrité des élèves en général et parfois déçue du manque de discernement des conférenciers imbus d'eux-mêmes. Elle faisait ce qui lui était demandé ; le mieux qu'elle pouvait, comme d'habitude. Elle ne pouvait pas faire autrement que de consentir tous les efforts nécessaires pour que ses parents soient, enfin, fiers d'elle. Elle sortit avec le premier prix. Pourquoi ? Pour se retrouver vingt ans plus tard à passer ses journées à encoder et vérifier des chiffres que ses collègues ont préalablement encodés et vérifiés, chiffres que leurs propres subalternes ont déjà vérifiés et encodés. Et à divorcer.

Elle garde des moments de béatitude de ses découvertes artistiques avec M. Machin. En y réfléchissant, elle ne souvient pas d'avoir eu une telle complicité avec quelqu'un. Ô, elle se souvient bien de César, probablement son premier mec sérieux. Ils étaient en fin de licence et sont partis en voyage au centre de l'Europe. Elle l'avait rencontré un an auparavant. Issu d'une famille bien riche, enfant unique, il était promis à un avenir brillant, enfin, argenteux. Il voulait l'emmener au bout du monde. Elle, la petite provinciale n'y voyait que du feu. Il partageait son envie d'aller à l'opéra, aux concerts classiques, de voir des ballets. Elle était persuadée d'avoir rencontré le bon.

Lors de ce voyage, alors qu'ils allaient vers Vienne, elle demanda de s'arrêter à l'abbatiale de Melk. C'est une des rares constructions de ce type complètement baroque. Il en fut agacé, mais il accepta. Elle mit cela sur le compte de la fatigue de la route. Ce lieu était mystique, elle connaissait le mot à l'époque. C'est un des endroits qui donne foi en Dieu. La terrasse domine le Danube. Julie se souvient de s'être retournée pour regarder la construction et d'avoir été prise de vertige. Pas un malaise, mais bien une oppression due à la hauteur, à la verticalité, comme si la puissance du créateur la dominait.

Elle en parla à César qui y restait complètement insensible. Il voulait juste quitter l'endroit. Cela n'était pas planifié, c'était comme s'il n'y avait pas de ligne prévue pour la visite, qu'il n'y avait pas de petite case à cocher. Quelque chose avait été brisé, elle s'était rendue compte qu'il ne partageait pas son goût pour l'art. Le reste de leurs vacances fut interminable, elle n'arrivait plus à faire l'amour avec lui. Elle se souvient pourtant que c'était le premier homme qu'elle avait pris dans sa bouche, mais depuis la visite de l'abbaye, il la dégoûtait.

Elle apprit des années plus tard lors d'une réunion d'anciens qu'en fait, il *devait* sortir avec elle, car elle était belle et première de classe. Ensuite, il lui aurait fait des enfants, elle n'aurait plus eu besoin de travailler, il avait déjà tout prévu. Pourtant il ne lui en avait jamais parlé. Elle aurait refusé, elle voulait son indépendance.

Elle fut choquée d'apprendre qu'il s'était marié avec une rentière qui avait certainement dû lui montrer leur contrat de mariage pour qu'il l'honore, car il ne l'aimait pas. Il l'avait fait, pour ne pas perdre d'argent. Comment a-t-elle pu aimer un homme pareil ? Déjà à l'époque, elle était ébranlée par le fait que malgré sa fortune, il ne sortait jamais d'un magasin sans voler quelque chose, que ce soit un livre ou un pull, il volait. Il l'avait embobinée, elle s'était perdue. Heureusement qu'elle s'était barrée !

Aujourd'hui, elle se rend compte qu'elle avait oublié le conseil de M. Machin : sonder l'âme au travers des yeux. Elle aurait certainement vu toutes les monstruosités au fond de celle de César et ne se serait même pas approchée. Pourtant, elle y avait cru. Longtemps, elle a repensé à lui et n'a jamais compris pourquoi il lui avait menti de cette manière. Elle avait alors quitté la soirée des anciens rapidement en pensant à quel point c'était triste pour ce personnage qu'elle avait aimé.

Et son mari, lui avait-elle fait passer le test du regard ? Certainement au début, car elle se souvient avoir exploré son âme. Elle *devait* le connaître pour lui offrir sa confiance, sa chair, son ventre. Elle n'avait jamais douté de l'aimer jusqu'à aujourd'hui. L'avait-elle seulement reconnu, savait-elle que c'était lui ? Était-elle entrée par les yeux ? Avaient-ils tenu le regard de l'honnêteté, de l'entièreté et de l'Amour ? Elle ne se souvient pas. Elle sait juste qu'aujourd'hui, elle a pris une décision réfléchie et *sentie*. Elle sait qu'elle a pris la bonne, elle doit divorcer.

Et la petite fille qui était en elle, qu'est-elle devenue ? Depuis quand ne s'est-elle pas questionnée, étonnée ? Ce retour vers son enfance l'oppresse tout à coup. Elle se rend compte qu'elle est rentrée dans le monde triste des adultes et que cela l'a perdue. Elle s'est éteinte ; elle n'a pas entretenu l'enthousiasme magnifique qui la faisait vivre. Où sont passés ses rires, ses joies ? Elle se rend compte qu'elle a oublié ses rêves et qu'elle a égaré son âme de chercheuse de trésor à découvrir au fond des âmes. Elle pleure, non pas des larmes de tristesse, mais de rage. Pourquoi est-elle devenue grande, adulte, elle qui *devait* garder son enfance pour toujours en elle ?

6

Julie regarde autour d'elle dans sa maison vide. Son mari est parti pour le week-end. Elle se sent étrangère chez elle. Les photos sont posées sur les meubles, accrochées sur les murs. C'est bien leur foyer, mais ce n'est plus le sien. Elle se sent oppressée. Elle est anéantie de se rendre compte que cela fait dix ans qu'elle habite dans cet endroit et qu'elle y survit plutôt que d'y vivre. Elle s'accroche aux sourires de ses enfants, mais elle n'y a plus sa place.

Cela fait huit mois qu'elle a quitté le lit conjugal. Elle se souvient le premier soir, elle s'est glissée dans la chambre d'amis en pleurs, car elle s'était disputée avec Jean, son mari. Elle s'était confiée à lui. Elle lui avait expliqué qu'elle ne comprenait pas pourquoi ils ne se parlaient plus à part des banalités d'usage. Elle voulait retrouver ces discussions où ils refaisaient le monde, revisitaient leurs lectures, s'enflammaient autour de sujets politiques. La réponse l'avait glacée : « Nous n'avons plus l'âge, nous sommes dans la vraie vie maintenant. Donne-moi plutôt le beurre pour faire les tartines des enfants. »

Elle s'était couchée dans ce lit pour étranger. Elle se sentait seule et elle espérait qu'il vienne la retrouver avec ses grands bras protecteurs. Elle attendait qu'il rentre se glisser auprès d'elle avec son sexe dressé pour lui faire l'amour comme lorsqu'ils s'étaient connus. Un peu gauche parfois, mais avec énormément de tendresse. Il n'est pas arrivé. Le lendemain matin, elle revit le beurre sur la table, pensa à la phrase de la veille et retint ses larmes. Il n'est pas venu ce soir-là non plus. En fait, il n'est jamais venu la reprendre, la reconquérir. Il a bien essayé une approche un soir qu'il était ivre, en lui demandant de se retrouver, de faire l'amour qu'elle a traduit en « J'ai besoin de baiser ». La douleur qu'il avait au fond des yeux l'avait empêchée de l'aimer à nouveau. Il était saoul, ses yeux étaient vides, elle n'avait pas pu s'offrir à lui. C'est le reflet de sa propre image qu'elle y a vu. L'horrible désespoir qu'elle occasionne elle-même et qu'elle ne peut contrecarrer, car elle le voit en lui.

Cette séparation des lits était devenue leur routine. Même les enfants s'y étaient habitués. Peut-on continuer à construire une vie commune sans recevoir l'autre, être en communion avec lui, le sentir en soi, recevoir sa semence au fond de son sexe ? Julie avait toujours aimé se caresser depuis le jour où elle avait découvert le jet de la douche dans la baignoire de l'appartement de ses parents en bord de plage. Elle utilisait sa main même lors de l'amour à deux, alors elle s'est réhabituée à se satisfaire seule de ses fantasmes, elle pensait à son mari, parfois à d'autres. Elle fut tout de même choquée lorsqu'elle se rendit compte que son homme se soulageait devant des sites pornos. Elle ne lui suffisait donc plus, il ne voulait pas la voir alors qu'elle aurait aimé le satisfaire. Elle occultait, volontairement ou non, le fait qu'elle avait quitté la chambre nuptiale et qu'elle l'avait éconduit.

En se souvenant de cet épisode, elle s'aperçut que, cette fois-là, elle était entrée dans son âme par ses yeux. Elle y avait vu de la colère, de la tristesse, de la honte. Elle avait pincé l'homme qui l'avait prise tantôt avec délicatesse, tantôt avec force, elle l'avait pris entre ses jambes, dans sa bouche, avait goûté à son sexe et à son sperme. Cet homme, son mari, elle l'avait pris en flagrant délit de consommation de porno et avait été dégoûtée. Pas seulement de lui-même, à moitié habillé devant son écran, mais par elle-même. Elle a *vu* qu'il était terrassé à cause d'elle, son trésor enfoui l'était dans un océan de chagrin, mais c'était de sa faute à elle. Elle l'a *sentie*, cette humiliation. Il se branlait devant son écran, car elle l'avait abandonné. Elle avait hésité à tendre la main, à s'agenouiller devant lui, à le faire jouir dans sa bouche, comme il aimait, en le regardant. Intérieurement, elle ressentit tout le désespoir de son mari et fut tétanisée par le désenchantement. La colère de son mari éclata et la fit tressaillir. « Mais qu'est-ce que tu crois, que je n'ai pas de besoins affectifs, que je n'ai pas envie de toi ? C'est toi qui as fui et tu oses me regarder comme un juge ? Toi qui n'as jamais été capable de passer une journée sans te toucher, tu le fais encore certainement chaque soir, seule dans la chambre d'amis. Tu ne trouves pas cela ridicule comme situation ? Je te dégoûte à ce point ? Mais qu'est-ce que je t'ai fait ? Parle-moi, Julie ! Dis-moi ce que tu as ! ». La vérité de la situation venait de lui éclater à la figure comme une bombe, comme l'éjaculation faciale qui se matérialisait au même instant sur l'écran. Toute cette violence engendrée par la désolation gémissante la tétanisa, même ses quelques larmes coulaient au ralenti. Tout cela parce qu'elle avait rompu la promesse qu'elle avait faite à Jean, de l'aimer jusqu'à ce que la mort les sépare. Tout cela par sa faute à elle, parce qu'elle avait quitté leur lit en espérant qu'il la reconquière. C'est elle qui avait engendré toute cette laide noirceur au sein de son mari, de leur couple. Du moins, c'est ce qu'elle retint de cet instant précis. Une flèche meurtrière la traversa et lui laissa des cicatrices plus profondes que le fait d'avoir surpris son mari en train de se faire plaisir.

La réponse concernant la préparation des tartines pouvait paraître futile ou simplement pragmatique. Pourtant, Julie l'avait interprétée différemment. Pour elle, c'était plus large. La phrase de son mari devait être prise dans un contexte total, complet, de résignation. C'était cela, l'apathie. À y réfléchir, c'était peut-être la première fois depuis des années que la petite fille en elle avait décidé de se manifester. Son mari était devenu vieux. Pas physiquement, mais intellectuellement. Elle avait détesté cela. Où était l'idéaliste ? Où était passé celui qui rêvait d'un meilleur avenir pour elle, pour lui, pour leur progéniture ? Que pouvait promettre cet homme à son foyer ? Qu'allaient devenir ses enfants, sa propre chair à elle, maintenant qu'elle avait décidé de divorcer ?

7

Ses parents se sont séparés l'été de ses treize ans. Julie en garde un souvenir mitigé. D'un côté, elle a été traumatisée par la haine qui s'était déchaînée entre ses géniteurs, de l'autre, elle était passée presque tous les jours chez M. Machin. Ce fut également l'année de sa seule et unique colonie de vacances. Elle avait été envoyée au loin pour qu'elle profite de la mer pendant que les adultes réglaient leurs problèmes. Lorsqu'elle était revenue, son père avait quitté leur maison, sa maison à elle, son papa l'avait abandonnée. Elle avait été trahie : ils l'avaient envoyée à l'autre bout du pays pour qu'il puisse déguerpir sans larmes, sans qu'elle le retienne de toutes ses forces. Toutes les explications qu'il lui a fournies durant les années qui suivirent et encore aujourd'hui ne lui ont jamais permis de pardonner cette hypocrite fourberie. Ils s'étaient débarrassés d'elle pour la sacrifier sur l'autel de la rupture.

Lorsqu'elle s'apprêta à descendre de l'autocar, elle sentit qu'il se passait quelque chose. Les animateurs étaient en train de parler avec sa mère. Elle était à part avec ceux qui s'étaient plus spécialement occupés d'elle. Ils se turent lorsqu'elle approcha, du moins, changèrent-ils de conversation. Elle n'obtint pas de réponse lorsqu'elle demanda où était papa, son papa. L'atmosphère dans la voiture était irrespirable, quelque chose de grave s'était passé, elle le savait, mais sa mère était inflexible dans son silence coupable.

Julie comprit tout de suite lorsqu'elles arrivèrent à la maison. Son papa l'avait laissée sur le bord de la route, attachée à sa mère comme un chien à son arbre lors des départs en vacances. Elle était enragée, elle devait hurler contre le complot, une colère sourde était montée en elle : ses parents l'avaient trompée. C'était un acte de félonie monstrueux de la part de ceux qui étaient censés l'aimer. Ils l'avaient conçue, elle, parce qu'ils devaient rester ensemble. Ce n'était pas son problème s'ils ne se supportaient plus. Elle était là, elle. Ils s'étaient engagés pour elle. Elle n'avait pas demandé à venir au monde. Ses larmes ne montaient pas, son ventre était douleur, ses ongles s'enfonçaient dans ses paumes. Et sa mère qui ne comprenait rien, qui la regardait comme si elle n'y pouvait rien, en lui disant que c'était pour leur bien à tous les trois. Leur *bien* ? Mais qu'est-ce qu'ils savaient de son bien à elle, c'était leur bien à eux, d'adultes égoïstes qui n'étaient pas capables de tenir leurs engagements envers leur unique enfant.

Elle courut chez son voisin et poussa frénétiquement sur la sonnette en priant qu'il soit à la maison. Elle ne pouvait pas rester avec sa monstrueuse mère, il fallait qu'il la protège contre ce démon de lâcheté et de perfidie. Ses larmes commencèrent à rouler sur ses joues, elle se disait, « s'il vous plaît, faites qu'il soit là, s'il vous plaît. M. Machin, j'ai besoin de vous, sauvez-moi ! ». Lorsqu'il ouvrit la porte, elle sauta pour l'enlacer, elle le serra de toutes ses forces et déchargea tout son chagrin contre lui. Il fut frappé par l'étrangeté de la situation. Elle était agonisante de désespoir, sa mère était fermée, murée et lui ne comprenait pas ce qui se passait. Il voulut faire entrer les deux, mais Julie hurla toute sa haine contre celle qu'elle considérait comme renégate, lui interdisant même d'ouvrir la bouche. Elle força le passage et s'enfuit à l'intérieur. La maman lâcha : « Nous divorçons, mon mari a quitté le domicile conjugal ». Le premier mot qui vint à l'esprit de M. Machin fut « enfin ».

Il trouva la petite étendue dans son canapé, la tête dans le coussin. C'était la première fois qu'il la voyait enragée ainsi, il lui apporta un verre d'eau et une serviette humide pour qu'elle se rafraîchisse et la laissa se calmer le temps qu'il fasse chauffer ce chocolat qu'elle appréciait tant. Il lui avait fait découvrir les nocturnes de Chopin quelque temps auparavant, glissa un CD dans l'appareil pour détendre l'atmosphère. Il n'était pas très nouvelle technologie, mais il n'avait pas hésité à débourser une petite fortune pour cet appareil. La qualité de la musique était impressionnante. Lorsqu'il revint vers elle, elle s'était endormie. Il alla chercher une couverture et attendit patiemment qu'elle se repose.

« J'ai sursauté lorsque la sonnette de la maison a retenti. Elle ne cessait pas de m'appeler, ce n'est pas habituel. Normalement, les gens appuient une fois et attendent. Ici, c'était continu. J'ai avancé le plus rapidement possible, j'étais prêt à me plaindre de ce genre d'impolitesse lorsqu'en ouvrant, je suis tombé sur la petite. Elle était en nage, en pleurs, furibonde, elle s'est même mise à tempêter sur sa mère. Je ne l'avais jamais vue ainsi.

Lorsqu'elle rentra, j'ai appris que ses parents divorçaient. J'étais content d'apprendre la nouvelle. Je n'en pouvais plus de les entendre se hurler dessus. Les cris transperçaient les murs pour venir me casser les oreilles et le moral. Je pensais souvent à Julie qui devait supporter cela, mais elle ne s'en était jamais ouverte à moi lors de ses visites. J'étais heureux que cela cesse, pour elle, pour moi, pour eux.

La gamine était tellement épuisée qu'elle s'enfonça dans un sommeil réparateur sur mon canapé. J'ai attendu qu'elle se réveille pour lui donner la tasse de sa boisson préférée. Ses yeux paraissaient morts, elle était vannée, dégoûtée, inerte. Lorsqu'elle prit la parole, c'était pour me demander pourquoi son père l'avait abandonnée. C'était donc cela qui la rongeait, le sentiment d'avoir été délaissée. Elle avait envie d'insulter sa mère, elle ne comprenait plus rien.

Comme d'habitude, elle avait besoin de *logique.* Je n'avais pas de réponse, je n'étais même pas certain qu'elle en attendait une.

Elle reconnut Chopin puis nous parlâmes de musique classique, de piano, de tout autre chose. Lorsque la nuit tomba, elle se décida enfin à rentrer. Sa maman était déjà venue la chercher, mais elle avait farouchement refusé. Elle sentit qu'il était temps de rentrer et juste avant qu'elle ne parte, je lui posai une question : « Tu n'as rien remarqué ce soir ? ». Elle me répondit par la négative et dans son regard, je lisais qu'elle s'en foutait un peu. « Il n'y a pas eu de cris. » Elle me dévisagea, réfléchit et sourit. Un sourire qu'elle a dû légèrement forcer, certes, mais un sourire. Enfin, ils divorçaient. »

Julie ne fut pas étonnée de retrouver ce texte dans la farde marquée à son nom. Cet épisode avait débouché sur plus d'une année de grandes conversations avec M. Machin. Elle ne supportait plus de voir sa mère qui avait laissé partir son mari, elle pensait même qu'elle l'avait fait fuir pour punir sa fille d'une quelconque bêtise. Elle passait donc presque tous les jours faire ses devoirs chez son voisin et ensuite, ils discutaient. Elle lui posait des tas de questions et il essayait toujours de lui répondre, quand il le pouvait.

Julie réfléchit à cet énorme choc émotionnel lors de son retour de son unique colonie de vacances. Elle le prit comme la plus grande trahison de l'humanité, de l'univers. Elle refusa d'ailleurs systématiquement toute nouvelle proposition pour ce genre de vacances. Non parce qu'elle ne s'y était pas amusée, mais parce que le retour avait été une épreuve terrifiante pour elle. Elle sourit en pensant qu'elle n'y avait d'ailleurs jamais inscrit ses enfants. Le plus jeune, 4 ans, certainement pas, mais celui de 13 ans aurait très bien pu y aller. Le blocage était toujours là.

Comment ses enfants vont-ils prendre leur divorce ? C'est vrai qu'il y en a plus aujourd'hui qu'à l'époque. Ils habitent dans une mégapole, c'est donc plus courant, mais tout de même. Elle veut les protéger, elle ne veut pas qu'ils souffrent, qu'ils subissent ce qu'elle a subi. Comment faire ? Rien que le souvenir de cet épisode fait remonter toute la rancœur qu'elle porte encore à ses parents vingt-cinq ans plus tard. Et ses enfants, vont-ils la haïr aussi ? Il faut qu'elle trouve les mots pour leur expliquer, ils peuvent comprendre. N'est-ce pas cette image de dureté, de mensonge qu'elle garde de ses géniteurs qui l'avaient envoyé se délasser pendant qu'ils préparaient leur indicible trahison ? Elle ne pouvait pas leur faire cette peine, son mari souffrait déjà assez, elle devait trouver des solutions, mais elle ne pouvait pas faire autrement que de se séparer de lui, elle en ressentait un besoin vital.

8

Julie n'avait pas vu le temps passer. Pendant qu'elle entamait son introspection, la nuit était tombée. Depuis qu'elle avait pris sa décision de quitter Jean, elle ne mangeait plus. Tout à coup, elle avait faim. Comme si les souvenirs éveillés par la redécouverte de son enfance la libéraient. Elle se tourna vers son téléphone et vit qu'il y avait onze appels en absence de son mari, trois messages vocaux et un nombre illimité de SMS. Elle ne supportait pas lorsqu'il se conduisait ainsi. Elle ne *pouvait* plus lui parler. Elle se sentait agressée. À nouveau, elle occultait volontairement ou non que son comportement d'autruche le blessait profondément. Lorsqu'elle ne répondait pas, il se sentait humilié, blessé, comme s'il valait moins que n'importe quel être au monde. Elle ne comprenait pas cela, elle savait seulement qu'elle ne se sentait pas capable de lui parler, d'exprimer ses sentiments. Elle ne voyait pas les coups de poignards qu'elle enfonçait dans les viscères de celui qui était encore à ses côtés. Pourtant, la plupart du temps, il appelait parce qu'il devait organiser quelque chose pour elle, pour eux, pour leurs enfants. Il souffrait d'autant plus qu'elle n'avait jamais hésité à parler avec des inconnus, de vagues connaissances, de décrocher le soir ou le dimanche pour eux. C'était le seul qui avait droit à ce traitement de défaveur. Il lui avait dit, mais elle ne voulait rien entendre, comme si elle n'avait aucun effort à faire. Elle le quittait, parce qu'elle le *devait*, c'était ainsi. Il *devait* s'y plier, il devait comprendre que dorénavant elle ne lui répondrait que lorsqu'elle le déciderait. Elle refusait d'imaginer qu'elle pouvait lui faire du mal, pourtant elle le torturait à petit feu.

S'il avait appelé autant de fois, c'est parce que ses enfants voulaient lui souhaiter une bonne nuit avant d'aller se coucher. Somme toute, comme ils l'avaient fait depuis toujours. Et elle n'avait pas daigné leur répondre. Elle se surprit à penser que eux aussi s'y feraient, que sa reconstruction était nécessaire avant de pouvoir se soucier d'eux. Qu'était-elle devenue pour avoir si peu d'empathie envers eux ? Comme toutes les mamans du monde, elle faisait tout pour être une bonne mère. Elle avait mis son téléphone sur silencieux, elle avait donc une bonne raison de ne pas avoir entendu les appels. Elle ne pouvait se contenter de cette excuse. Si elle avait coupé sa sonnerie, c'est parce qu'elle voulait être seule. Elle n'aurait jamais pensé être capable d'oublier de communiquer avec ses enfants.

Elle appela son mari. Le ton agressif de celui-ci la blessa profondément. Tous les reproches fusaient depuis leur maison de campagne et venaient se déchaîner contre son tympan. Si seulement elle avait pris un peu de recul sur la situation, si elle avait encore pris le temps d'écouter l'homme avec qui elle aurait dû passer le reste de sa vie, elle aurait admis qu'il était inquiet pour elle, qu'il l'aimait toujours et qu'il estimait ne pas mériter une telle indifférence. Pour l'instant, elle ne comprenait rien, elle était surprise par la véhémence des attaques et voulait tout simplement que ça cesse. Elle n'écoutait pas son mari. Elle se recroquevillait sur elle-même, elle rentrait la tête dans sa carapace. Que lui voulait-il ? Pourquoi était-il si dur avec elle s'il l'aimait encore ? Qu'avait-elle fait pour mériter un tel traitement ? C'étaient ces questions qui lui traversaient l'esprit. Elle était silencieuse, ses mots s'étaient perdus dans l'abîme de son irritation. Elle parvint à demander si elle pouvait parler à leurs enfants, mais ils dormaient. Elle conclut la conversation par un « Bonsoir, Jean. », froid, distant, inhumain. Et elle raccrocha.

Ce sera des mois plus tard lorsque son aîné piqua une colère qu'elle se rendit compte des dégâts que son comportement avait occasionnés à ses enfants. Son fils, en pleine adolescence lui avait hurlé : « Mais tu te rends compte, c'est toi qui nous as abandonnés, tu t'es barrée, parce que tu *sentais que tu devais le faire* et depuis, nous ne valons plus rien à tes yeux, tu ne nous parlais que devant le psy, parce que c'était important qu'on puisse se parler. Important ? Alors que tu nous mentais, toi, notre mère ! Tu nous mentais sur tes activités, tu nous mentais sur les lieux où tu étais, avec qui tu étais. Tu n'avais pas confiance en nous, tu voulais nous protéger ? Quoi, nous protéger ? Si tu avais voulu, tu ne serais pas partie comme une voleuse. Si seulement tu avais répondu aux appels de papa quand on voulait juste te dire bonne nuit, si tu ne l'avais pas anéanti devant nous, si tu ne nous avais pas traîné dans la boue, pour « nous protéger » ! Nous ne valions même plus un SMS pour notre génitrice ! » Après avoir fait trembler les murs de la maison et l'avoir noyée de chagrin, il s'enfuit chez son père et demanda à ne plus subir la garde alternée et rester auprès de lui. *Génitrice*, c'est ainsi qu'elle surnommait sa mère qui avait laissé partir son mari. Ce jour-là, elle comprit que décrocher son téléphone pour entendre la voix de ses enfants, de ceux qu'elle aimait ou qu'elle avait aimé aurait dû être sa priorité. Elle leur avait pourtant dit à tous qu'elle serait toujours là pour eux, or elle avait coupé la communication ; elle se taisait, les occultait, ne leur répondait que lorsqu'elle le désirait, elle, et seulement si les questions ne la dérangeaient pas. Mais il était beaucoup trop tard, elle avait *perdu* son aîné.

9

Julie monta dormir, son mari l'avait poussée dans ses derniers retranchements, elle voulait se retrouver au fond d'une grotte, située sur une île déserte, perdue dans le plus grand océan, loin de toute présence humaine. Elle était épuisée. Elle prit une douche, se brossa les dents. Lorsqu'elle se vit dans la glace, elle plongea dans son propre regard. Elle ne se reconnut pas, elle se sentait vieille. Ses yeux ne pétillaient pas, son esprit ne vagabondait plus. Depuis combien de temps ne s'était-elle plus souri à elle-même ? Elle se détourna de son reflet. Elle ne le supportait plus. Elle se coucha, mais n'arrivait pas à s'endormir. Elle pensait à sa jeunesse, à l'abandon de ses géniteurs.

Lorsque ses parents s'étaient séparés, Julie l'avait ressenti comme la fin du monde, l'apocalypse de son univers. À peine sortie de l'enfance, ses parents lui avaient jeté à la figure l'aspect hideux que pouvaient prendre les relations entre adultes. Elle ne pouvait pas concevoir que les grands puissent cesser de s'aimer. Ne s'étaient-ils pas promis de rester ensemble tout le long de leur existence ? Et elle qu'allait-elle devenir ? Elle ne put s'empêcher de penser à ses enfants à elle. Allaient-ils aussi la détester comme elle avait haï ses parents ? Comment leur expliquer ? Que leur dire pour qu'ils comprennent qu'elle était passée dans le camp des traîtres ?

C'est à l'époque du divorce de ses parents qu'elle avait passé le plus de temps chez M. Machin. Elle lui posait beaucoup de questions concernant les « grands ». Elle était incapable d'imaginer que des êtres qui s'étaient aimés n'étaient plus capables de faire un effort pour le bien de leurs enfants, pour *son* bien à elle. Elle avait besoin d'avoir des réponses, mais elle n'obtenait rien de ses géniteurs qui se planquaient derrière leurs problèmes de couple dans lesquels elle n'avait pas à intervenir. Pourtant, c'était bien elle qui souffrait de leur absence, de leurs secrets, d'être rejetée de la négociation, de la discussion. Aujourd'hui, elle les comprenait enfin.

« Enfin » avait été le premier mot de M. Machin lorsqu'il apprit la nouvelle. *Enfin.* Elle fut sidérée qu'il puisse penser cela. Alors, elle lui avait demandé pourquoi il disait cela ; il ne lui avait pas répondu directement. Au contraire, pour une fois, il avait décidé de ne pas répondre à la question. Il s'était mis dans la position de l'initiateur patient qui voulait qu'elle se fasse son opinion. Il lui demanda son avis. Elle n'en avait pas évidemment. Elle avait dû promettre d'y réfléchir. Elle avait eu beaucoup de mal à le faire, car elle ne *voulait* pas y penser. La rupture était *impossible*, sa famille ne pouvait pas exploser. Ses souvenirs la heurtèrent beaucoup plus profondément qu'elle n'avait pu l'imaginer, car cette fois c'était elle qui avait décidé de dissoudre son foyer, parce qu'elle le *devait*. C'est l'inverse qui eut été impossible.

Lorsqu'elle avait essayé d'analyser la situation de ses parents avec son expérience d'adolescente de treize ans, elle n'arrivait pas à comprendre l'état des choses. Pourtant, au bout de quelques semaines, elle s'était sentie soulagée, comme si un poids avait disparu de ses épaules, comme si l'atmosphère de sa maison était beaucoup plus saine, sereine. C'est à peu près à ce moment qu'elle s'était rappelé la remarque de M. Machin lors de son retour de colonie : « il n'y a pas eu de cris ». C'était exactement cela, sa mère ne se disputait plus avec son père. La violence intrinsèque de son domicile avait complètement disparu. Elle avait laissé la place à un grand vide, une aigreur conjuguée à de l'amertume, mais la sérénité était de retour. Elle se réveillait de temps en temps la nuit parce qu'elle cauchemardait sur le départ de son père, mais ce n'était plus dû aux combats incessants de ses géniteurs. Bien qu'elle maintienne le jugement de lâcheté vis-à-vis de ses parents, elle devait admettre qu'elle se sentait mieux. Elle en parla dès le lendemain à M. Machin qui semblait ravi qu'elle ait avancé dans son cheminement.

La question suivante de Julie concernait, forcément, la fin de l'idylle des amoureux qu'avaient été ses parents. Comment était-il possible qu'après s'être aimés au point de faire l'amour pour la concevoir, ils en arrivaient à se détester au point de se disputer chaque jour ? Qu'à peine une quinzaine d'années plus tard, ils s'aboyaient dessus, qu'ils ne se supportaient plus et devaient mettre de la distance physique entre eux. Elle se remémora la perception étrange qui l'avait envahie lorsqu'elle avait utilisé le terme « faire l'amour » en parlant de son père et de sa mère. C'était l'âge auquel les adultes lui avaient expliqué que son corps était en train de changer, qu'elle idéalisait l'acte. Elle avait lâché les mots comme si cela avait été tout naturel, mais surtout parce qu'elle en avait parlé à M. Machin. Du haut de ses treize ans, elle l'avait interrogé sur la possibilité que des amoureux qui s'étaient aimés au point de *faire l'amour*, qui s'étaient autorisés cet acte intime, puissant, exceptionnel, ces amoureux avaient été capables d'oublier leur union, leur amour et qu'ils en étaient venus à avoir de l'aversion l'un pour l'autre et ne voulaient plus vivre ensemble. Et surtout, pourquoi on parle de *faire* pour un sentiment.

M. Machin fut amusé de sa réflexion et lui demanda ce qu'elle savait de l'amour ? Elle fut tellement gênée qu'elle en rougit. Il n'avait pas insisté, il n'avait pas eu besoin, il avait compris qu'elle avait déjà ressenti son estomac qui se tordait en elle. Durant ce long silence, elle sentit ses joues brûlantes et le visage d'un garçon de la colo vint se placer devant ses yeux. Elle l'avait tout de suite trouvé beau, dès le premier jour. Elle n'avait jamais osé l'aborder de toutes les vacances et lui non plus. Lors de la dernière soirée, après dix jours de timidité, il vint lui demander si elle désirait être sa cavalière pour la boum. Pour les animateurs, ce n'était pas grand-chose, les jeunes devaient simplement arriver ensemble pour faire les premiers jeux musicaux, mais pour Julie, ce fut un moment magique. C'était le premier garçon à qui elle avait tenu la main parce qu'il lui avait demandé et qu'il lui plaisait. En plus, c'était réciproque. Déjà à son âge, elle savait que ce n'était pas toujours le cas. Ils s'étaient avancés, elle s'était sentie princesse au bras de son prince. Son cœur avait battu à tout rompre. Oui, elle avait ressenti l'amour, elle en connaissait quelque chose. Quand elle revint à elle dans la cuisine, M. Machin la regardait avec tendresse et bonhomie. Elle fut très gênée et pour sortir de son embarras, elle lui demanda : « Et vous, comment va votre amoureuse ? Vous ne parlez jamais d'elle, mais je vois bien que vous y pensez souvent. Qu'est-ce que vous savez de l'amour ? Comment elle s'appelle ? »

Il ne lui avait jamais donné son prénom, il avait juste dit *qui tu sais*. Elle s'imagina que c'était la personne la plus magnifique de la ville, mais elle ne pouvait pas concevoir qu'elle soit avec M. Machin. Pourtant, tout de suite, elle comprit que c'était tout à fait logique. Il remarqua certainement sa réaction et aurait voulu lui dire, que si, c'est elle, mais il n'en avait pas besoin. Elle l'avait compris et en était encore ébahie. Pour insister sur le côté magique, le mystère de l'amour et posséder entre eux une sorte de secret, ils avaient décidé de la surnommer *qui tu sais*. C'était encore un de leurs jeux. Vingt-cinq ans après, au fond de son lit, elle se souvint de la réaction amusée et enthousiasmante qu'il avait eue. Elle se remémora ses yeux, ils s'étaient mis à briller lorsqu'elle avait posé la question. Il y avait de la joie, du bonheur, un rayonnement magnifique, indescriptible à celui qui n'a pas vécu la scène ce jour-là. Il lui avait répondu, qu'il ne connaissait rien à l'amour, qu'il pouvait parfois en décrire les symptômes, mais qu'il était incapable de faire autrement que de le *sentir*.

Il lui expliqua que depuis qu'il l'avait connue, il était différent, il était heureux, oui, c'est cela le terme qu'il avait utilisé, heureux. Chaque matin, lorsqu'il se levait, il était en communion avec le soleil, la nature, le destin, car elle s'était retrouvée sur sa route. À un carrefour de la vie, ils s'étaient rencontrés et surtout s'étaient reconnus. Lorsqu'il avait plongé son regard en elle pour rechercher son trésor, elle fit de même et ils se trouvèrent exactement complémentaires. À peine rencontrées leurs âmes s'étaient mise à valser dans une harmonie parfaite. Ils n'avaient jamais ressenti une sensation aussi forte, aussi pure, aussi vraie. Ils *savaient* qu'ils étaient faits l'un pour l'autre. Ils avaient pris du temps pour s'apprivoiser, pour se connaître, pour chercher la tendresse, mais ils *savaient* dès le début.

Ils se connaissaient depuis leur enfance, mais ne s'étaient pas reconnus. Un soir, ils avaient commencé à discuter ensemble et il avait été hypnotisé par sa voix, par son regard, par ses mouvements. Elle lui avait posé beaucoup de questions auxquelles il répondait avec entrain, ils avaient eu une soirée de grandes conversations, mais aussi de danse. M. Machin lui expliqua qu'il était pétrifié à l'idée de lui dire ce qu'il ressentait. Au fond de lui, il avait décidé que si le destin lui donnait un coup de pouce, il le ferait. Après tout, il avait quarante ans et il n'avait jamais éprouvé une force aussi grande en lui.

La providence décida de l'aider lors d'une autre fête, car *qui tu sais* s'installa dans un lit pour une sieste. À l'époque, ils ne se connaissaient pas vraiment et ils s'approchèrent très lentement. Ils avaient commencé à parler de tout et de rien, mais il prit une grande respiration et bafouilla. Il n'osait pas la regarder, il avait juste réussi à la prendre dans ses bras et lui dire qu'il avait tout simplement besoin de tendresse. Elle aussi en avait envie. Ils s'enlacèrent tendrement, sans plus, mais avec une délicatesse secrète, la leur.

La petite Julie l'avait écouté émerveillée, car l'homme qu'elle avait devant lui n'était plus ce guide infaillible qui l'emmenait de découverte en découverte. C'était redevenu un enfant, un jeune garçon amoureux. Lorsqu'il parlait, elle entendait l'émotion. Il bredouillait, mais son discours était vrai, elle pouvait sentir l'amour qu'il portait à *qui tu sais*. M. Machin *savait* ce qu'était l'Amour indubitable, infaillible, absolu, cela se voyait : il pétillait, il éclairait le monde de sa puissance. Elle voyait la différence avec ses parents. Ce jour-là, elle avait compris que l'amour ne s'expliquait pas, mais qu'il se vivait, il rendait vivant, heureux, Heureux.

Alors qu'elle était seule en train de méditer sur sa vie conjugale désastreuse, cette scène la fit sourire. Elle entendait à nouveau l'enthousiasme de son voisin, sa joie était contagieuse même des années plus tard. Elle n'était pas certaine qu'à son propre mariage, elle avait été aussi emballée que lui lorsqu'il parlait de *qui tu sais*. Un détail capital lui sauta à l'esprit. Il y avait eu bien plus que l'Amour qui les unissait. Comment avait-elle pu perdre de vue le détail particulier qui les différenciait des autres ? Lorsque le même jour, elle lui avait demandé s'ils allaient se marier, il l'avait éblouie de toute sa sensibilité, la beauté de ses sentiments était flamboyante, pure, triomphante. Il avait été solennel.

« Le mariage est un contrat qui peut être civil ou religieux, c'est une obligation entre personnes, un marché entre familles, entre les amants et la société. Avec *qui tu sais*, nous sommes au-delà : nous avons notre *pacte des promesses* ».

DEUXIÈME PARTIE

10

Les trois mots vinrent éblouir son esprit, *le pacte des promesses*. Combien de fois en avaient-ils parlé ? C'était un des sujets de conversation qu'ils adoraient entamer lors de leurs explorations des vies humaines. Alors qu'il leur arrivait de se promener ensemble dans la mégapole ou de prendre les transports en commun, ils s'évertuaient à jouer au jeu du pacte ou pas pacte ? Ils gardaient leur complicité presque secrète, mais juste les oui ou non ponctuaient leur langage codé. Julie trouva rapidement les lignes écrites par M. Machin concernant leur divertissement.

« Il y avait évidemment un nombre incommensurable de « non ». C'était presque la totalité des couples rencontrés. Leurs âmes s'étaient éloignées chacune de leur côté depuis longtemps. Les plus absurdes étaient ceux qui faisaient leur shopping ensemble avec leurs enfants. C'était leur unique activité familiale de la semaine. Ils sortaient leur progéniture pour aller les affubler de sous-merdes mercantiles.

Il fallait les voir. Entre le besoin de rester scotchés à leur téléphone, de tirer une tronche phénoménale parce que le timing n'était pas tenu et l'envie d'assassiner leurs propres enfants qui ne démordaient pas d'absolument vouloir détenir du tout dernier joujou électronique, ils étaient pathétiques. Le plus amusant, c'était encore de les écouter hurler d'un bout à l'autre du centre d'appauvrissement massif du niveau pécuniaire, mais également intellectuel. Qui va trouver de quoi épanouir la curiosité et l'envie de connaissances de ces enfants hurleurs ?

Ceux qui n'étaient pas mal aussi, c'étaient les couples qui utilisaient des petits mots doux, mais totalement vide de sentiments : « mon amour », « mon cœur » ou encore des « Si tu m'achètes cette belle robe, cela prouvera bien que tu m'aimes. » Derrière cette façade de mots, il était tout à fait possible de trouver le comportement insupportable de ces dames qui ont toujours été incapables de s'abandonner à un pauvre. Tandis que monsieur balade son épouse comme il le fait avec sa dernière voiture sportive, il se pavane. Oyez bonnes gens, regardez quels accessoires griffés sont à la portée de ma bourse pour que je puisse ajouter l'option *pipe ce soir* à ma journée. Paf, 300 € la fellation.

Sans oublier ces solitaires accouplés pour faire bien. Ils trouvent un équilibre dans une relation dont la flamme s'est éteinte depuis longtemps. Un resto, un câlin et au lit. Le bonheur se traduit par cela. Ce sont leurs visages qui sont marqués par cette monotonie aiguë. Ils sont gris, ternes, tristes. Leurs battements de cœur ne s'accélèrent plus depuis de nombreuses années lors de leurs contacts intimes. Certes, ils ont tous tenté de pimenter leur relation après avoir lu un roman de gare soi-disant sadomasochiste. Ils se sont même acheté un fouet, un gode et un chapelet anal, mais c'était pour mieux souligner leur morne vie sentimentale. À l'instar d'un chat mort qui rebondira sur le sol si vous le jetez assez fort, leurs passions sont inertes.

Parfois, un couple rayonnant tente de nous piéger. Alors que nous sommes proches de l'approbation avec la petite, nous détectons au dernier instant que ce sont des amants illégitimes. Il y a bien les yeux rieurs, une sorte de bouillonnement autour d'eux, une illusion d'amour profond. Si vous les suivez relativement longtemps, ils vont soit au motel pour satisfaire leur libido en une heure chrono, avant de récupérer les familles respectives, soit ils en viennent pour retourner vers leurs voitures garées dans des rues différentes afin de ne pas éveiller les soupçons de leurs conjoints cocus. Les auteurs de théâtre de boulevard peuvent facilement trouver de l'inspiration lorsque madame se remaquille dans sa voiture, tandis que monsieur appelle son officielle pour lui annoncer un léger retard ponctué d'un *Je t'aime* tellement faux que même lui n'y croit pas.

Toutes ces paires insignifiantes d'êtres assommés par leur obscurité affective ont un point commun. C'est d'ailleurs celui-là qui permet de les reconnaître aisément. Ils ne se tiennent pas la main ou le bras affectueusement. Chez machin et machine mariés sans écart, il y a bien des mains moites et gluantes qui se touchent, mais c'est le dernier soubresaut d'un amour fané depuis des siècles. Les infidèles, quant à eux, se font piéger par ce détail, car ils ne peuvent pas montrer en public que, de temps à autre, leurs corps fiévreux doivent se retrouver en cachette dans une chambre miteuse, d'un hôtel qui l'est tout autant. Pour que le pacte soit respecté il faut que les amoureux se tiennent la main, éventuellement le bras. » Julie fut de nouveau surprise par ce ton cynique qu'elle ne connaissait pas chez son voisin bienveillant.

Elle se rappelle qu'il leur arrivait parfois de ne trouver aucun couple pour lequel ils se mettraient d'accord sur un oui. Dans ce cas, ils passaient par le parc à quelques rues de chez eux. Là-bas, près de la mare, il y avait tous les jours un couple âgé chez qui le pacte est respecté depuis des décennies. Eux, c'est monsieur le Professeur pour nos découvreurs d'amour. En effet, lui, était professeur de mathématiques dans les plus illustres universités du monde, il a obtenu la médaille Fields, l'équivalent du Nobel pour sa discipline.

Il fallait les voir se balader ensemble, entourés d'une bulle de sérénité à toute épreuve. L'hiver, madame, toujours amoureuse, venait se blottir contre l'épaule de celui qui partage sa vie depuis plus de cinquante ans. Comme au premier jour, elle y retrouve la protection et la chaleur de leur passion commune. Tous les deux possèdent des yeux qui pétillent d'un bonheur étincelant. Lorsqu'ils se parlent, le monde pourrait s'arrêter, cela leur importerait peu, car ils sont l'un avec l'autre. Le plus déconcertant, c'est que les enfants se retournent souvent vers eux. Grâce à leur âme non souillée, ils voient cette flamme qui brûle en eux et qui ne s'éteindra qu'avec eux. Il y a bien longtemps que les adultes ne peuvent même plus imaginer ce grand partage.

Pourtant, s'ils savaient que monsieur le Professeur porte toujours les bagages de madame, la vouvoie de temps en temps pour lui déclarer sa flamme et qu'il la couvre de tendres baisers chaque matin, ces passants se rendraient compte de ce à quoi ils devraient aspirer. Madame, quant à elle, tourne la beauté de son cœur vers lui sans cesse, elle se maquille les lèvres en rouge vif afin qu'elle puisse éventuellement laisser une marque physique sur la bouche ou la joue de son époux si telle est son envie. Les piétons ne voient pas cela. M. Machin disait : « Ils préfèrent se focaliser sur les déchirements de pauvres débiles qui se déhanchent à poil dans leur télécran. Les enfants, eux le voient ! ».

Comme Julie demanda du haut de son mètre si c'était normal qu'ils soient toujours aussi amoureux, M. Machin éclata de rire. Ce matin, nous avons environ cinq mille non au jeu du pacte et un seul oui. Donc, je ne pense pas que l'on puisse considérer qu'ils sont dans la norme. Julie en eut les larmes aux yeux, car elle ne pouvait pas imaginer que quelque chose d'aussi beau et d'aussi pur soit si rare. Elle avait couru vers le couple Professeur et n'hésita pas à leur demander : « Comment vous faites pour être les seuls amoureux que nous avons croisés ce matin ? ». La réponse émerveilla Julie, ils étaient toujours fous l'un de l'autre, car ils avaient décidé de construire leur amour tout au long de leur vie. Bien qu'ils ne connaissaient pas le *pacte* dont elle parlait avec précision, ils supposaient qu'ils parlaient de la même chose. Depuis, ils la saluaient avec leurs yeux amoureux à chaque fois qu'ils la croisaient. Elle se demanda comment il était possible de construire un sentiment, mais trouvait que c'était déjà mieux que de le faire.

11

Julie essayait vainement de s'endormir, elle se retournait constamment. Les grandes conversations qu'elle avait partagées avec M. Machin lui envahissaient l'esprit. Combien d'après-midi avait-elle passées chez lui ? Qui était-il pour elle ? Pourquoi n'avait-elle plus ressenti le besoin d'aller le revoir une fois qu'elle était rentrée dans sa formation universitaire ? Qu'était devenue sa relation avec *qui tu sais* ? Elle se rendit compte qu'elle ne lui avait même pas demandé de nouvelles d'elle. Pourquoi n'avait-elle plus pensé au *pacte* depuis tant d'années ? C'était pourtant le fondement, la promesse ultime.

Elle repensait à M. Machin. Quel enseignement voulait-il prodiguer par l'exploration du colis qu'il lui avait envoyé ? Elle savait qu'il lui proposait quelque chose, qu'il avait dû *sentir* qu'elle en avait besoin. Cependant, elle ne comprenait pas pourquoi. Elle se dit qu'il avait toujours été là pour elle. Malgré le fait que leur première rencontre était due au hasard d'une météo maussade, il lui avait servi de mentor, il avait même remplacé son père dans les moments de questionnement que traverse une petite fille. Leurs sujets favoris étaient l'éducation, l'amour et les adultes.

Elle pensa à l'éducation, mais ce n'est pas le terme qu'elle aurait utilisé à l'époque, c'était plutôt l'école et l'apprentissage. M. Machin l'avait ouvert à la musique classique, mais à bien d'autres choses aussi. Elle emmagasinait beaucoup plus de connaissances avec lui qu'à l'école. Petit à petit, elle avait même reculé dans le fond de la classe, le comble pour une fille. Ses notes n'avaient jamais baissé, non, mais elle ne supportait plus d'aller à l'école. Pour elle, le puits d'un savoir presque illimité était son voisin. Il ne s'agissait pas de ses ressources à lui mais plutôt de sa manière de l'aider à trouver les réponses.

Le problème des framboises n'était certainement pas le seul qui avait fait éclater une rage sourde en elle. Une colère qu'elle voulait réprimer mais qui était tellement profonde et ancrée en elle qu'elle en devenait naturellement intrinsèque. Elle arrivait à la cacher, mais pas à la maîtriser. Encore aujourd'hui, en tant qu'adulte, elle l'avait en elle. Elle parvenait mieux à détecter l'arrivée d'une crise, les signes d'une explosion exaspérée et cela l'aidait à la camoufler. Comme lorsqu'elle était petite, cela venait du manque de logique, de compréhension de son interlocuteur qu'elle confondait souvent avec la mauvaise foi. Elle avait ressenti cette indignation tout le long de sa scolarité jusqu'à la fin de l'université.

Par contre, lors de ses visites chez son voisin, jamais ce sentiment n'était apparu. Elle savait qu'elle pouvait parler librement avec boulimie pour approfondir ses connaissances. Ses pensées revinrent vers le pacte des promesses. Elle ne l'avait vu qu'une fois, mais il pendait majestueusement dans la chambre de M. Machin. Elle avait vraiment dû insister de très longues journées pour qu'il la laisse enfin y accéder. C'était l'été de ses quinze ans. Elle en avait tellement entendu parler qu'elle voulait le *voir*. D'autant que son ventre se tordait à la vue d'un garçon d'une classe supérieure et elle se demandait s'il accepterait de partager le pacte avec elle.

Elle apprit l'été suivant que ce n'est pas ce type de pacte que les adolescents recherchaient. Ils étaient beaucoup plus attirés par la façon d'obtenir la délivrance de la jouissance par les mains, la bouche ou l'entrejambe des demoiselles plutôt que par une déclaration d'amour sortant de l'esprit d'un vieux sage.

Il aurait même été impossible de leur faire comprendre le pacte dont lui avait parlé M. Machin. Est-ce vers cet âge-là qu'elle l'oublia petit à petit ? Elle ne sait plus exactement, mais elle avait l'impression que ces yeux d'enfants s'étaient éteints lors de son arrivée dans l'âge adulte. Elle se rendit compte avec effroi qu'il lui était arrivé la même chose avec son cerveau de chercheuse. Elle ne l'utilisait plus comme chez son guide d'antan. Elle se revoyait chez lui. Il avait une passion pour les citations, il y en avait partout sur les murs et il en connaissait encore plus. Face à la table sur laquelle elle faisait ses devoirs, il avait punaisé la suivante : « Celui qui aime apprendre est bien près du savoir. », de Confucius. Que s'était-il passé pour qu'elle oublie aussi bien à apprendre qu'à respecter le pacte ?

12

Lorsqu'elle entra dans la chambre pour enfin accéder au pacte, elle fut saisie d'une contrariété dégoûtante. Elle ne se l'imaginait pas du tout comme cela. En fait, elle ne savait pas vraiment à quoi s'attendre, mais certainement pas à juste une petite lettre signée par M. Machin. Celle-ci était encadrée juste à côté de la porte. Lui, il éçlata de rire, car c'est la raison principale pour laquelle il ne voulait pas le lui montrer. Il savait qu'elle s'attendait à quelque chose d'immense. Il lui demanda d'ailleurs si elle était déçue par la taille ou par l'encadrement. Elle n'avait pas de réponse, juste une sorte de rage de déception en elle. Pourtant, comme il lui expliqua, dans le pacte, ce n'est pas la décoration qui est importante, mais ce qui y est écrit. Il l'a signé et il ne peut pas le rater en sortant de la chambre. C'est leur pacte et ils ont promis de s'y tenir.

« Par ce pacte, nous nous engageons dans
la promesse de s'offrir ce pacte dans l'exclusivité,
la promesse de s'enivrer de romantisme,
la promesse de faire sonner nos rires,
la promesse de déclamer notre amour,
la promesse de nous tenir la main,
la promesse d'entretenir notre flamme,
la promesse de nous construire une vie de bonheur,
la promesse de se donner fougueusement l'un à l'autre,
la promesse de s'interdire de s'infliger la moindre petite blessure,
la promesse de le faire chaque jour sans exception aucune.
Ce pacte est éternel comme l'Amour que nous nous portons. »

Julie trouvait que ces mots relevaient de la magie. C'est vrai qu'elle voulait absolument les voir. Aujourd'hui, elle ne sait pas exactement à quoi elle s'attendait. Moïse et ses tables ? C'est probablement quelque chose de ce genre à quoi elle aspirait. En tous cas, elle se souvient parfaitement de l'effet des mots sur elle-même.

L'ivresse du romantisme, entendre les rires sonner comme les cloches à Pâques, tout cela lui paraissait totalement irréel et pourtant, elle sentait la justesse du bonheur derrière ces mots. M. Machin avait raison, ce n'était pas la forme que ces phrases prenaient sur le mur qui était importante, mais bien leur essence. En tant qu'adulte, elle se dit que cela ressemblait à la recette de l'Amour éternel. Pour cela, il faut que cela soit vrai, enfin, Vrai. Tout à coup, elle veut absolument savoir ce qu'il avait pensé de cet épisode.

« Encore une journée éblouissante. J'aurais tellement aimé que tu sois là pour voir la petite. Cela fait des semaines, j'ai presque envie de dire des siècles, qu'elle insiste pour accéder au pacte des promesses. Nous avions parlé de toutes ces phrases et des liens qui nous unissaient toi et moi. Comme cela m'est difficile de parler de nous au passé.

Je n'arrivais pas à lui montrer ce cadre qui t'attend inlassablement devant la porte de ce qui aurait dû être notre chambre nuptiale. Pourtant, je fais semblant. Je ne lui montre pas que je suis déchiré à l'intérieur de moi-même. J'essaie de la faire réfléchir à repérer l'Amour et à s'y accrocher. Quelque part, je n'ai pas envie qu'elle fasse comme moi, qu'elle ne s'y trompe pas.

Cette petite est vraiment prévisible et imprévisible à la fois. Je me doutais bien qu'elle serait surprise par la forme qu'a pris le pacte des promesses. Juste un bout de papier encadré, pendant à un simple clou près de la porte. C'est évident, pour les enfants, cela ne semble pas grand-chose, surtout depuis le temps que nous en parlons, elle et moi. De nouveau, cette colère est montée en elle.

Par contre, lorsque nous avons parlé du sens des mots, elle est redevenue rayonnante. Je suis impressionné par son vocabulaire et la volonté qu'elle a d'utiliser le mot précis. Elle a d'ailleurs utilisé le terme de magie. C'est amusant de comparer le grand Amour à de la magie… Je ne lui ai pas montré, mais ce mot m'a transpercé avec sa lame de froideur. Magique, c'était le mot que j'utilisais lorsque je parlais de toi.

Alors que ce n'est pas par un coup de baguette ou à la suite d'un coup de foudre que j'aurais dû voir notre avenir. C'est justement dans la promesse d'une construction que j'avais élaboré ce pacte. Au départ, il était au fond de moi. Aujourd'hui, je me dis que j'aurais dû l'écrire beaucoup plus tôt. J'aurais dû te le montrer et tu aurais pu simplement me faire signe lorsque nous n'y arrivions pas.

Je t'imagine bien frapper juste à côté du cadre, « clac-clac », simplement pour mentionner que le jour ne fait que commencer et qu'il y a des promesses à tenir. C'était avant, alors que tes yeux pétillaient encore lorsque tu me regardais. C'était avant même que tu saches qu'il existe un pacte des promesses. »

Julie ne revient pas de ce qu'elle vient de lire. *Qui tu sais* n'était pas au courant du pacte. Elle sentit une trahison profonde de la part de M. Machin. Il lui en avait parlé comme si c'était leur secret entre deux adultes amoureux pour qu'ils puissent s'aimer jusqu'à la fin des temps et il ne s'en était jamais ouvert à elle. Tandis qu'elle relit, elle se rend compte qu'il parle de leur relation au passé. En fait, *qui tu sais* n'était déjà plus là…

Lui qui l'avait aidée à aiguiser son regard pour découvrir le fond des êtres et des choses, n'avait pas été capable de le faire. Que s'était-il passé ? Et elle, maintenant qu'elle était en train de divorcer, avait-elle suivi tous ses enseignements ? Elle relut plusieurs fois la lettre et préféra ensuite se focaliser sur le pacte des promesses et sa substance essentielle avant de s'endormir. Elle est convaincue que d'en suivre les principes permet de devenir semblable à monsieur et madame Professeur.

« S'offrir ce pacte dans l'exclusivité ». Cette phrase relève toujours autant du mystère pour Julie. Heureusement, M. Machin lui avait expliqué. Dans un premier temps, il faut y voir un pacte exclusif entre deux personnes. Ce pacte leur appartient à eux seuls. Personne ne peut leur prendre et eux n'ont pas le droit de le donner ou le transférer à quelqu'un d'autre.

Ensuite, il y a bien entendu le caractère exclusif de toute autre personne pouvant rentrer dans le pacte. Pour lui, cela signifiait beaucoup plus que la fidélité dans le mariage. Par cette première promesse, ne fût-ce qu'une déclaration romantique à un quiconque, sans consommation sexuelle, revenait à entailler le pacte exclusif fait entre deux amoureux.

« S'enivrer de romantisme ». Elle voit exactement ce que cela peut signifier. Pour elle, c'est l'opposition aux contraintes du rationnel. Le but, au travers des mots et des comportements, est de pouvoir exprimer son moi profond en Amour. Évidemment, cela lui paraît idéal, mais n'est-ce pas justement ce qui est intéressant.

Elle n'oublie pas que monsieur et madame Professeur ne sont pas dans la norme. Dans ce cas, pourquoi vouloir y rester absolument ? Il faut donc réussir à s'affranchir des règles pour pouvoir s'élever spirituellement vers l'Amour. Cela lui paraît tellement sincère et simple que le terme s'enivrer ne fait que d'accentuer la beauté de la citation. Chavirer avec son époux dans la passion, elle n'a jamais ressenti cela avec Jean.

« Faire sonner nos rires ». Elle a toujours apprécié l'humour décalé de M. Machin. C'est vrai que pendant ses visites chez lui, ils riaient énormément et même fort. C'est fondamental dans un foyer pour qu'il respire la vie et le bonheur. Elle a un brusque accès de nausée en se rappelant les cris qu'il y avait chez elle pendant son enfance.

L'expression lui fait penser aux cloches de Pâques qui annoncent la résurrection. Bien qu'elle soit toujours restée agnostique, elle se dit tout de même que les rires bruyants sous son toit valent tout autant que le retour du Christ. Bien qu'elle ne se disputait presque jamais avec Jean, elle se rend compte que, non, les rires ne sonnent pas chez elle.

« Déclamer son Amour ». Un peu à l'instar du romantisme, elle comprend maintenant qu'il faut trouver les mots justes pour pouvoir exprimer ses sentiments. Encore faut-il être capable de dire ce que l'on ressent ! C'est peut-être plus simple en les déclamant. Elle ne se souvient même pas d'avoir réellement pu dire beaucoup plus que « Je t'aime ». Alors, les déclamer… Pourtant cela doit-être tellement beau…

« Nous tenir la main ». Elle se souvient pertinemment que c'était un des critères d'élimination lors de leurs observations dans les rues de la mégapole. De nouveau, elle rêve de simplement pouvoir tenir la main de Jean. Combien de fois c'était-il dérobé à cela ? Finalement, ils ne se la tenaient plus du tout. Les enfants avaient pris le relais.

Un jour, elle avait réussi à lui dire qu'au début de leur relation, en s'endormant, il lui tenait la main. Après, il avait fait un effort, mais c'était beaucoup plus mécanique. Les larmes lui étaient montées aux yeux quand Jean lui avait avoué qu'il n'osait plus le faire, de peur de déranger. Ils en étaient là, il avait l'appréhension de lui montrer de la tendresse.

« Entretenir notre flamme ». Alors qu'elle relit les trois premières promesses, elle se dit que si elles sont tenues, la fièvre ne risque pas de s'éteindre. Entre le romantisme, les paroles déclamées et la tendresse des amoureux, il ne devrait pas y avoir de gros problèmes. Elle comprend maintenant que si jamais la flamme vacille, il *suffit* de revenir aux premières promesses.

En tant qu'enfant, elle ne comprenait vraiment pas l'utilité de cette phrase. En tant qu'adulte, elle vient de la comprendre. Son ventre se tord en y pensant. C'est la fameuse routine qui s'installe. Alors que dans l'hiver très froid du grand nord, personne n'oublie d'attiser le feu, en amour, les choses sont différentes. « Clac-clac », un rappel.

« Construire une vie de bonheur ». Pour elle c'est la phrase la plus précise concernant l'Amour. Elle n'a jamais compris qu'il soit possible de faire un sentiment ou de le construire. Par contre, à partir de l'Amour profond éprouvé pour son partenaire, il est possible de construire une vie de bonheur. C'est la construction de la vie commune qui permet d'accéder au bonheur.

Cette construction n'y était plus avec Jean. Mais l'avait-elle seulement été ? La société désire que le chemin de la vie passe par la maison, le foyer, les enfants pour *construire* sa vie. Il manque pourtant une partie extrêmement importante, il faut pouvoir accéder au bonheur. Or, cette construction découle des règles précédentes. Comment avait-elle pu être aveugle à ce point ?

« Se donner fougueusement l'un à l'autre ». C'est amusant, chez Julie, cette notion de fougue est reliée à Bach. Elle a toujours eu un faible pour *toccata et fugue en ré mineur*. Pour elle, ce morceau représentait bien la fougue. Elle fut très déçue d'apprendre que c'était une fugue, car cela signifie fuite tandis que la fougue, c'est la passion, l'ardeur.

C’est justement cela qu’elle recherche. Cette ardeur dans la tendresse qui devrait servir à atteindre la jouissance le cœur rempli de passion pour les amants. Quel que soit le stade de leur vie, ils doivent succomber de plaisir, emportés par la fougue de leurs liens immortels. Elle l’a trouvé chez Bach, pas chez Jean.

« S’interdire de s’infliger la moindre petite blessure ». Quelle superbe idée avait eu M. Machin d’ajouter cette promesse. S’engager à ne pas dire cette petite phrase sanglante, violente qui fait mal. Parfois même un peu d’ironie. Un simple « tu as grossi » est tellement inutile. Ce n’est de toute façon pas en se lançant des petites piques, même anodines, que cela permet d’avancer. Ce serait le moment de lancer un « clac-clac ».

Non seulement il y avait la promesse de déclamer l’amour, mais il avait pensé aussi à s’interdire de se faire le moindre mal. Julie se rappelle plusieurs conversations pendant lesquelles, elle-même avait titillé son mari. À quoi bon ? Totalement inutile et destructeur à petit feu. C’est peut-être, probablement même, ces petites choses qui font rentrer dans la routine.

« De le faire chaque jour sans exception aucune ». C’est donc cela le travail de construction du bonheur. Remettre chaque jour l’ouvrage sur le métier. Tisser infatigablement et éternellement les liens de l’amour. Ne jamais se contenter du jour présent, mais continuer à s’échanger les mots de la tendresse. Tous les jours.

Julie vient de comprendre le sens de la phrase de M. Machin lorsqu’il disait que le mariage n’est qu’un contrat. Eux, ils avaient leur pacte des promesses. C’est prendre la construction du bonheur à la base : commencer par s’enivrer dans le romantisme au travers des actes d’amour, sans se blesser et cela tous les jours. Avec, si nécessaire, un simple « clac-clac » le matin pour se le rappeler.

Julie du haut de ses presque quarante ans retrouve ses presque quinze ans. Elle aurait tellement envie de pouvoir lui parler et lui dire de ne pas foncer sans conclure de pacte. Elle *sait* maintenant que ce dernier a beaucoup plus d'importance que les liens officiels du mariage. En suivant cette ligne de conduite, il est possible de gagner au jeu du « pacte ou pas pacte ».

Tellement peu de gens connaissent finalement les règles du jeu. Non pas celles pour jouer avec Julie et M. Machin, mais celles pour faire partir du clan du oui. Celles qui permettent que les enfants se retournent vers eux dans le parc, car ils ont distingué des amoureux. Celles qui permettent de devenir monsieur et madame Professeur.

Alors que le sommeil reprenait enfin ses droits après plusieurs jours de torture, Julie se souvient que ce n'est pas seulement le pacte qui unit les personnes. D'abord, il faut être capable de sonder les âmes. La lumière cartésienne vint allumer son esprit de femme passionnée. Jean n'avait jamais réussi le test du regard, elle n'avait plus le moindre doute à cet instant. Non seulement, leurs psychés ne s'étaient pas trouvées, mais ils n'avaient pas de Pacte.

Elle n'avait pas suivi les conseils de M. Machin.

13

Julie commence à comprendre le courrier qu'elle vient de recevoir. Elle apprend encore au travers des démarches intellectuelles que lui propose son mentor. En relisant ces épisodes de son enfance, elle se rend compte qu'elle a filé dans l'âge adulte en laissant derrière elle les bases de la recherche vers l'épanouissement. Plus de curiosité, plus de test du regard et, au niveau du couple, pas de pacte des promesses.

Elle se perd dans ses pensées entre le rêve et le réveil jusqu'à l'instant précis où son cœur se met à battre à tout rompre. Que s'est-il passé avec *qui tu sais* ? Dans une des lettres, elle avait discerné qu'elle était partie. Était-ce le cas ? Et si oui, alors pourquoi ? Ils avaient largement passé le test des yeux et avaient le pacte des promesses accroché au mur, elle l'avait vu et compris dans sa jeune adolescence.

Pour Julie, il est donc impossible qu'un si bel Amour n'ait pu survivre. Son cerveau tourne maintenant à plein régime. Elle y pense, elle n'a *jamais* vu M. Machin et *qui tu sais* ensemble. Enfin vraiment, c'est-à-dire avec les mains qui se tiennent. Une lance de douleur lui traverse le ventre. M. Machin avec ses conseils avisés avait-il pu se tromper aussi ?

En prenant son petit-déjeuner, elle se plonge dans les notes de M. Machin concernant *qui tu sais*. Ce dernier a souvent des côtés surprenants. Dans ce cas-ci, elle comprend bien que c'est un choix de textes ou lettres qui ont été sélectionnés avec précision et mis par ordre chronologique. Excepté celle concernant le marché et l'empoisonnement des enfants.

Comme s'il avait voulu lui montrer la fin du cycle avant même d'avoir voulu lui en expliquer le début. Elle est certaine que, dans ces quelques dizaines de papiers, elle va trouver la raison de son cynisme. Pourtant, elle est incapable de comprendre que sa relation avec *qui tu sais* se soit ternie. Il avait la recette, il avait l'envie. Son intuition ne lui est d'aucune aide, ce n'est pas logique.

« Je me souviendrai toujours du jour de notre première rencontre. Enfin, lorsque je dis la première, c'est plutôt celle où nous nous sommes enlacés pour la première fois. L'effet désinhibant de l'alcool m'a permis de venir vers toi. J'avais tout simplement envie de me retrouver contre toi. Tu m'as toujours plu. Évidemment, tu ne pouvais pas le savoir. Et puis, nous ne nous connaissions pas vraiment. Tu m'as autorisé à te prendre dans mes bras. En toute simplicité. »

Julie se rend compte qu'une histoire d'amour aussi belle peut commencer par un simple geste de tendresse. Elle sait que le plus important, c'est que les cœurs battent à l'unisson. Elle les imagine tous les deux, adultes, s'enlacer comme des adolescents qui se découvrent lors de leurs premiers instants tactiles sans toutefois avoir leur précipitation ou leur maladresse.

« Petit à petit, au fil de nos rencontres, nos âmes se sont rencontrées. Bien entendu, nos corps s'étaient déjà découverts. Tantôt maladroitement, tantôt avec une sensualité exacerbée. Ton regard change envers moi, ce n'est plus de la curiosité, mais les prémices de l'Amour. Je vois bien à quel point ton âme est profonde.

J'ai beaucoup de mal avec cela. Je me sens déshabillé au plus profond de mon âme. Je n'ai absolument pas envie de te cacher à quel point je tiens à toi, mais quelque chose au fond de moi est tapis et m'empêche de le faire. Comme j'ai envie de pouvoir te rendre ce regard ! Viens, prends mon âme, aspire tout mon être et échangeons nos Amours.

Je ne me souviens pas avoir eu autant de facilité à me dévoiler, je me trouve avec toi dans une totale confiance. J'adore nos grandes conversations, ton esprit affûté, tes analyses pertinentes. Par-dessus tout, ton sourire… il me donne envie de déjà m'endormir contre toi. Dans notre intimité, je me permets de te prendre la main.

Au réveil, j'aime ta façon de me regarder. Je fais au mieux pour que tu voies mon âme. Je sais qu'une sorte de brouillard y est depuis toujours. Je le sens en moi et je fais au mieux pour que nous puissions unir nos esprits dans l'harmonie de notre relation. Je souffle sur les nuages pour que tu me découvres. Je me sens bien, apaisé, amoureux. Amoureux de toi. »

Julie vient de lire la preuve que ces amoureux avaient fait confiance à leur don de chercheur de trésors à découvrir au fond des âmes. En lisant ce texte, elle comprend incontestablement ce que lui apprenait M. Machin : il parlait d'expérience. Il savait avec une certitude absolue ce qu'il fallait chercher.

Cependant, elle est très étonnée du fait que M. Machin dise qu'il n'arrive pas vraiment à se révéler. Elle n'avait jamais ressenti cela avec lui. De même, elle se souvient comme si c'était hier de son regard à lui lors de l'épisode où elle l'avait appelé M. Machin. Personne n'avait été capable de sonder en elle comme lui.

Il avait d'ailleurs trouvé la vérité en elle. Il n'y avait aucune once de méchanceté lorsqu'elle l'appelait ainsi. C'était tout à fait logique, elle ne connaissait pas son nom. Depuis cet épisode fondant leur relation de maître à élève, ils avaient toujours pu se parler. Un doute la saisit, elle dirait plutôt qu'elle avait su lui parler.

Elle estime maintenant que son apprentissage auprès de lui constituait plutôt à être stimulée dans ses recherches plutôt que d'obtenir des réponses. C'était à elle d'aller les chercher dans les bibliothèques, dans son expérience ou ailleurs. M. Machin lui montrait la façon de fouiller, mais au fond, il n'avait jamais parlé de lui.

Elle repense à la larme qu'il avait versée lors de leur premier concert de musique classique. Il lui avait simplement dit qu'il pleurait parce que c'était beau. Était-ce vraiment la réponse ? Une fois de plus, il la menait sur le terrain de l'enquête. Elle a toujours apprécié d'être stimulée intellectuellement, plus particulièrement par lui. Cette fois, elle a plutôt l'impression que les vérités ne sont plus celles de son enfance.

Bien que la logique ne prenne pas toujours place dans les relations humaines, il lui paraît tout à fait évident que si le chasseur de trésor du fond des cœurs trouve l'âme de son amoureuse et qu'ensuite, il respecte le pacte des promesses, la route vers le bonheur est tracée. Elle ajoute même un B majuscule à Bonheur.

Or, elle sait que M. Machin est un homme de parole. Parfois, il est d'ailleurs beaucoup trop obstiné. Il faut démontrer scientifiquement, mathématiquement sous plusieurs angles qu'il a tort, pour qu'il accepte de réfléchir et peut-être de changer d'avis. Dans ses relations amicales, il n'a jamais trahi. Elle ne pouvait pas concevoir qu'il l'ait fait en amour.

« Chère Madame,

Par la présente, veuillez trouver une invitation personnelle à une semaine de voyage d'érudition et d'ouverture de soi. Je désire solennellement vous ouvrir à mon enfance en vous montrant ma culture natale et vous présenter cette partie de moi que vous ne connaissez que par les mots de mes histoires. Je réserve donc des places pour vous emmener.

Cet itinéraire sera pour nous, si vous l'acceptez, un fondement de notre amour. À part à vous, je n'avais pas envie d'ouvrir cette partie de ma vie. Vous ne pouvez imaginer à quel point j'ai le besoin de faire tomber ce mur qui vous sépare de mes racines.

Je vous promets de la beauté, de la finesse, du raffinement et beaucoup d'amour. J'espère que votre curiosité est éveillée et que vous accepterez de vous joindre à un voyage aussi fascinant. Je serai à vos côtés pour vous guider, vous satisfaire et vous égayer.

Votre amoureux. »

Quelle femme qui avait passé le test des yeux aurait pu refuser cette invitation? Surtout écrite de cette façon. Julie commençait seulement à découvrir la plume de son instructeur. Elle ne se souvient pas que quelqu'un lui ait écrit ainsi. Elle aurait voulu recevoir ce type de missive. Cette promesse de voyage initiatique avec le « Vous » qui met *qui tu sais* dans la position de la déesse vénérée et vénérable.

Il lui avait parlé de ce voyage et des moments transcendants qu'ils y avaient passés. Ils s'étaient découvert une complicité unie dans une intelligence sans égal. Leurs êtres s'étaient trouvés non seulement dans leur Amour, mais également dans leurs attentes culturelles et de découvertes. Ils s'étaient tout simplement trouvés, l'un avec l'autre, l'un pour l'autre. Il avait ajouté : « Pour l'éternité ».

Ils étaient tous les deux grands amateurs de belle musique et ils étaient allés voir la Walkyrie de Wagner à l'opéra de Budapest. Tous deux furent transcendés. Ils s'étaient retrouvés juste au-dessus de la fosse, du côté des cuivres. Lors de la chevauchée en soi, leurs cœurs s'étaient retrouvés et s'étaient implicitement dit oui pour la vie, pour l'éternité. Elle lui avait d'ailleurs confié lors d'une de leurs discussions que c'était l'un des plus beaux moments de sa vie.

Julie se souvient parfaitement du mot, éternité. C'était un peu comme l'infini en mathématique, quelque chose de non mesurable, de tellement grand que c'en était philosophique. Éternité, immortalité, indestructibilité... Elle connaissait déjà suffisamment son voisin pour savoir que ce mot n'avait pas été choisi au hasard.

À nouveau, lors de cet épisode, Julie avait reçu un enchantement littéraire à découvrir. Il associait les mots éternel et Amour, car il faut pouvoir se sacrifier et vivre en vampire afin de rester auprès de son amoureuse. Il faisait référence au livre *Dracula* de Bram Stoker. Bien qu'elle n'était pas assidue aux romans fantastiques, elle avait été sublimée par cette histoire d'amour.

Quelque chose clochait, mais elle ne trouvait pas l'entrée du problème. À l'inverse de ses exercices mathématiques d'intégrales, elle savait qu'elle devait trouver le chemin qui finissait dans une impasse. Alors que le bon sens veut qu'après des mots pareils, un voyage qui paraissait avoir été parfait, la relation en sorte renforcée, M. Machin et *qui tu sais* semblaient s'être séparés. Elle devait trouver la clef de l'énigme.

14

Julie feuillette tranquillement les documents qu'il a laissés au nom de son étoile. Elle survole ces lettres d'amour enflammées dans lesquelles il est question d'Amour, de toujours, de sentiments profonds. Bien que ce soient les thèmes habituels, elle apprécie de plus en plus la plume de M. Machin. Les mots sonnent juste. « Déclamer notre amour », quelle promesse remplie de beauté !

«Mon étoile rieuse,

Une chose qui me fait terriblement plaisir lorsque je suis avec toi, c'est que nous rions beaucoup. Le plus amusant, dans cette histoire drôle, c'est que régulièrement, je ne m'attends même pas à te faire rire. Je n'ai pas l'impression que ce que je te dis est comique et pourtant, cela te fait réellement marrer.

Je sais très bien que j'ai un côté moqueur ou cynique que tu comprends très bien, mais lorsque tout à coup, tu es prise d'un fou rire, je me sens très gai également. Parfois, il t'arrive de mettre ta main devant la bouche, comme une enfant. C'est tendre et… comique à la fois. J'adore cette complicité dans l'humour.

Hier, j'y ai repensé en surprenant une conversation dans un bistrot. La serveuse dit à son client : "J'espérais que tu viens au bar". Dans mon esprit, j'ai tout de suite corrigé par un "J'espérais que tu vinasses". Je n'ai évidemment rien dit, car c'est une blague complètement pourrie. Parfois, toi, tu en ris.

Surtout, lorsque nous commençons tous les deux à délirer sur différents thèmes. Plus le jeu de mots est sophistiqué, plus je te vois sourire. Je continue à essayer d'en trouver, car j'ai bien envie que tout à coup, tu te mettes à rire de plus en plus fort, jusqu'à ton fou rire. Là, dans ton regard, je me sens beau et intelligent à la fois.

J'ai toujours pensé que mes blagounettes étaient complètement débiles. En fait, pas du tout, les jeux de mots sont souvent difficilement compréhensibles. En plus, notre connivence me permet de choisir un mot uniquement parce que tu connais le contexte. Grâce à cela, les éventuels regards autour de nous sont chargés d'incompréhension.

Nous nous retrouvons alors dans une bulle de gaieté qui nous appartient exclusivement. C'est vrai que parfois, je te dis que je me sens con, mais inconsciemment, j'attends juste que tu me dises que toi, tu me trouves intelligent. Lorsque nous nous calmons, je vois beaucoup d'amour dans tes yeux. Cela me fait un bien fou, je sais que je suis ton homme.

J'ai vraiment hâte que nous nous retrouvions pour que nous puissions recommencer à rire tous les deux. Je m'exercerai à trouver le mot juste, précis qui parvienne à déclencher ton éclat de rire. Un peu à la "Monster & Co" lorsque l'énergie maximale est atteinte grâce aux enfants. Cette puissance sera la nôtre maintenant.

À travers nos rires. »

Dans chacune de ces lettres, la passion amoureuse se ressent. Il vénère son amoureuse. Nul cœur ayant connu les affres de l'amour ne peut rester insensible à ces esprits. Il trouvait systématiquement le mot juste, la tournure de phrase qui mettait sa belle en emphase. Majoritairement en forme de prose, ses missives étaient néanmoins parfumées de poésie.

Alors qu'elle rentre dans l'intimité de la relation entre deux adultes amoureux l'un de l'autre, elle trouve une note qui lui est destinée.

« Julie, c'est à peu près à ce moment que tu es rentrée boire un chocolat alors que tu mourais de froid. C'est à partir de ce jour que j'ai apprécié nos grandes conversations et que je me réjouissais de nos rencontres. Ton âme d'enfant m'avait permis d'essayer de retrouver la mienne que j'avais perdue il y avait déjà bien longtemps.

Les écrits qui vont suivre se situent à partir de notre rencontre. Ne fais pas les mêmes erreurs que moi. »

Il lui a avoué qu'il avait échoué, enfin qu'il n'y était pas arrivé. À quel moment l'erreur ou les fautes ont-elles pu être commises ? C'est un pan entier de sa jeunesse qui vient de s'écraser lourdement au sol. L'exemple typique de la catégorie avec « pacte » était bien celle de monsieur Professeur. Seulement, elle pensait encore jusqu'il y a quelques instants que l'amour éternel était celui entre M. Machin et *qui tu sais*.

Maintenant qu'elle est adulte, elle comprend entièrement qu'il avait fait semblant. Elle ne peut cependant s'empêcher de recevoir cet aveu comme une trahison. Un coup de poignard dans le dos. Il est inconcevable que leur grand amour se soit fané. « Entretenir notre flamme ». Il l'avait promis. Il aurait dû faire tous les efforts. Il en était capable.

Elle connaît très bien la difficulté à s'extirper de la routine. Il lui avait justement montré dans son adolescence : sortir, écouter des concerts, s'évader dans la lecture ou dans le questionnement, trouver certaines réponses dans les exercices ou dans la bibliothèque. Tous ces instants riches lui donnèrent la possibilité de s'extraire de la routine de l'école qu'elle détestait tant et de sa mère.

« Je sens que tu t'éloignes et je ne parviens pas à te rattraper. Tu m'as demandé de partir nous mettre au vert. Du côté de la mer ou bien dans la forêt. Je sais à quel point nous aimons cela tous les deux. Je veux te dire oui, te crier que je n'attends que cela, mais je n'y arrive pas. Les mots non seulement restent coincés dans ma gorge, mais en plus, le fait de ne pas pouvoir les sortir me met dans une profonde colère.

Une frustration encore plus grande me vient lorsque je discute avec la petite. Un jour, il faudra vraiment que je te la présente. Je lui parle de toi avec les mots que j'aimerais tant pouvoir te dire. Je lui explique le grand amour et la passion qui nous unit. Pour une raison obscure qui me fait terriblement souffrir, j'arrive à lui expliquer à elle comment reconnaître l'amour. Tandis qu'avec toi qui me l'as fait comprendre, qui me permet de l'explorer chaque jour au fond de mon cœur, je suis physiquement bloqué.

J'ai envie de te parler de poésie, d'amour, de tendresse, de complicité, de futur, de projet, de partage. J'ai envie de te dire tout ce que je ressens pour toi, mais je n'y arrive pas. Alors je te les écris. Ne pense pas que cela soit de la déloyauté, c'est la seule façon par laquelle j'arrive à exprimer mes sentiments pour toi. Je ferai des efforts pour déclamer mes mots avec ma voix. »

M. Machin parvenait à parler à Julie, mais pas à *qui tu sais*. Une surprise de plus sort de ce colis. En lisant cet étrange courrier qui lui est destiné, elle se dit qu'il a au moins la chance d'être capable de lui écrire des lettres qui expliquent la situation. A-t-elle seulement réussi à écrire une seule fois ce genre de mot à Jean, son mari ? Alors qu'elle l'attendait désespérément dans la chambre d'ami afin qu'il vienne la reconquérir, elle n'avait jamais réussi à communiquer son mal-être. Son voisin avait au moins la capacité de le faire par écrit. « Déclamer ses mots ». De nouveau, quelque chose ne tourne pas rond. Il n'a pas dit « déclamer notre amour ». Il n'avait pas utilisé les termes du pacte. C'était totalement illogique.

Tout se bouscule à présent dans la tête de Julie. Comme à chaque fois qu'il y a quelque chose d'illogique, elle se sent mal. Son cerveau se met en marche et essaie d'accumuler le maximum de données. Des tas de choses manquent, tout avait pourtant été mis correctement en place pour que M. Machin et *qui tu sais* puissent vivre leur passion et devenir un couple de la case avec « pacte » de monsieur Professeur.

Elle essaie de se mettre une ligne du temps. Elle a compris que lorsqu'elle a enfin eu accès au *Pacte des Promesses* affiché dans la chambre, *qui tu sais* n'était déjà plus là. Un chemin plausible s'ouvrit dans ses pensées. Et si *qui tu sais* n'était pas au courant de ce fameux pacte. Peut-être même que d'un point de vue chronologique le pacte était postérieur à leur rupture. Cela serait logique, mais à quel point douloureux. Son enfance était détruite une fois de plus.

« Ma tendre bien-aimée,

C'est avec beaucoup de sérieux que j'ai besoin de vous dévoiler les méandres de mon cœur et les sentiments que j'éprouve pour Vous. J'ai toujours eu énormément de mal à pouvoir expliquer l'affolement des battements de mon cœur lorsque j'essaie de me lancer dans des confessions que je considère comme terriblement dangereuses.

Je ne sais pour quelle raison obscure, j'ai développé au fil des années cette incapacité à pouvoir tout simplement parler de mes ressentis. Vous êtes la personne en qui j'ai le plus confiance sur notre belle planète et pourtant, je me suis toujours refusé à vos attentes de mots précis concernant mes engagements auprès de Vous.

Pire, lorsque ces mots parviennent presque à ma bouche, ils restent coincés au fond de ma gorge et me remplissent d'une certaine colère que j'essaie de contenir, mais qui altère mon comportement. Plus d'une fois j'ai pris la fuite, mais avec Vous, je ne veux pas fuir. Cela fait des années que mon cœur n'avait plus montré de signe de vie et Vous l'avez brillamment ranimé.

Bien que j'eusse été médiocre dans ma façon d'essayer de ne rien vous montrer, voire de réussir à Vous faire prendre la fuite, je ne peux que Vous assurer de la profondeur et de la pureté de l'Amour que j'ai pour Vous au plus profond de mon âme. Ne fût-ce que penser à Vous me comble de Joie tandis que pouvoir être auprès de Vous me remplit d'un Bonheur insondable et vertigineux.

Votre regard intense qui permet à mon âme de se connecter à la vôtre, vos yeux qui pétillent de vie et qui montrent tout l'amour que Vous me portez me font chavirer intérieurement. J'aimerais tellement être capable de pouvoir extérioriser mon affection envers Vous de la même manière, car la personne qui reçoit une telle marque d'Amour ne peut que se sentir Heureux.

Tenir votre main en m'endormant, Vous avoir dans mes bras en me réveillant, sentir votre parfum, caresser votre peau délicate et me régaler de votre beauté à la fois envoûtante et sensuelle pour ensuite partager une étreinte puissante et tendre suffisent à rendre ma vie étincelante. Je vous promets qu'au lieu de Vous demander de me serrer fort dans vos bras au moment de l'extase je vous déclarerai ma flamme par des mots d'Amour, par des "Je t'aime".

Car oui, ma tendre bien aimée, Je Vous aime. »

Les larmes de Julie commencent à perler sur ses joues. Personne ne lui a écrit quelque chose d'aussi poignant de toute sa vie. Pourtant, ce qui la fait souffrir, c'est qu'elle sent que son mentor au niveau des sentiments vient d'annoncer sa défaite. Il n'a été capable de dire ces mots qu'une fois que *qui tu sais* est partie. Le chagrin la prend à la gorge. Si elle avait pu la rencontrer, elle aurait pu lui dire elle-même à quel point son voisin était raide dingue d'elle. C'est exactement le terme qu'il utilisait.

« Depuis deux jours, je suis terrassé, car je sens qu'il y a un gros malentendu. Pour moi, Vous êtes la femme de ma vie. Celle que j'attends depuis toujours. Je pense que ma quête de l'Amour arrive à destination. À vos côtés, j'ai trouvé le poétique, le littéraire, le profond, celui qui nous met dans une bulle de bonheur et qui nous protège pour le reste de nos vies, celui qui donne un sens à notre venue sur terre, à notre relation à l'Autre.

J'aimerais que Vous soyez ma Reine, et que je sois votre Roi. J'aimerais que toutes nos journées soient remplies de petites attentions, que tous nos gestes reflètent nos sentiments, que nos baisers échangés nous montrent à quel point nous nous Aimons. Que lorsque nous plongeons dans nos regards, ce soient nos âmes que nous trouvons. Qu'à chaque instant, Naï puisse être encouragée dans la Vie grâce à l'Amour que nous partagerons.

J'aimerais pouvoir vous déclamer mon Amour, notre Amour, au fil des années. Alors que je sens que Vous êtes en train de couper les canaux de communication, je me jette corps et âme dans votre reconquête à travers mes écrits. Tout ce que je n'ai pas su vous dire sort à la vitesse de l'éclair sur le papier. J'espère seulement que Vous prendrez le temps de lire ces lignes qui sont tellement importantes pour la suite de notre histoire.

Je sais que Vous avez été capable de lire au fond de moi, donc j'ai envie de Vous dire, que j'aimerais vous Aimer tout simplement, Vous couvrir de fleurs, de baisers et de tendresse. Faire l'Amour à Nous enivrer de jouissance physique. Vous caresser, Vous faire vibrer, Vous goûter, Vous lécher, Vous mordiller, Vous montrer physiquement à quel point je Vous Aime mentalement, Humainement, Idéalement.

Vous Aimer, tout simplement. »

Julie est maintenant gênée de lire cette lettre qui ne lui est pas destinée. Elle la trouve extrêmement intime, car M. Machin avoue qu'il n'a jamais réussi à dire toutes ces belles choses à *qui tu sais*. Il avait tous ces sentiments au fond de lui et il n'a pas été capable de partager cela. En y repensant, elle se dit qu'elle n'avait jamais eu envie de dire ces mots à Jean. Par contre, elle aurait vraiment voulu rencontrer quelqu'un à qui les dire, pardon, les déclamer.

15

Un coup de massue s'abattit sur Julie. Elle a maintenant compris que M. Machin était dans l'impossibilité d'exprimer son amour pour *qui tu sais*. Elle savait pourtant que sa capacité enfantine à chercher les trésors au fond des âmes lui avait montré la pureté des sentiments que son mentor éprouvait. Elle n'en avait jamais douté un seul instant. Cela ne s'était pas concrétisé par le mariage, mais par un pacte des promesses extraordinaire accroché au mur de la chambre nuptiale pour se rappeler de construire le bonheur, d'être en symbiose chaque jour.

Les écrits suivants firent complètement déchanter Julie. Plus elle avançait dans la lecture, plus la tristesse l'envahissait. La colère gronda au plus profond de ses tripes. Comme à chaque fois que la logique était bousculée, elle devait comprendre. Dans ce cas précis, il n'y avait plus rien à comprendre : le pacte des promesses était postérieur au départ de *qui tu sais*.

M. Machin s'ouvrait complètement dans ses écrits. Il n'y avait que des regrets et un chagrin extrêmement profond de ne pas avoir réussi à extérioriser ses sentiments par des mots ou des écrits. Alors qu'il était raide dingue de son étoile, il était totalement impuissant lorsqu'il devait exprimer son amour pour elle. Les mots auraient dû sortir depuis longtemps. Ils sont restés bloqués au fond de ses tripes jusqu'au jour où il fut trop tard.

« C'est très difficile pour le moment, car pour une fois, tu refuses de regarder, entendre ou parler. Pourtant, je défendrai notre couple jusqu'à ma mort, parce que je te l'ai promis, parce que nous nous aimons. Je sais que tu es très sensible aux mots, oui, je te l'ai promis. Et tu le sais.

Tu attendais un homme romantique, attentionné, intelligent, plein d'humour et que tu aimes profondément. Regarde-moi, regarde-moi, regarde-Nous ! Repense à tous les merveilleux moments que nous avons passés ensemble. Lis mes textes que je t'écris avec la plus grande sincérité et dans lesquels tu ne trouveras que la vérité. Rends-toi compte de ce qui nous attend. Je ne dérogerai à aucune de mes promesses. Je préférerais mourir que de ne pas les tenir. Je suis là, fort, puissant, solide, pour te rendre ton amour à la puissance de l'infini. Je serai toujours présent pour toi, pour nous et pour l'éternité. »

M. Machin se livrait enfin, mais la bataille était perdue d'avance. Il était trop tard. Il pouvait hurler tout l'amour qu'il avait en lui, plus personne n'était présent pour l'écouter. Il déclama tous ses sentiments au vide intersidéral. C'est ainsi qu'il se retrouva exilé au fond de ses sentiments. Il se détesta profondément de ne jamais avoir *voulu* dévoiler son cœur. En y réfléchissant, il fut saisi d'avoir fait un tel blocage. Quelques jours après leur rupture, alors qu'il couchait des mots enflammés sur papier pour lui crier toute l'admiration qu'il avait pour elle, *qui tu sais* lui demanda de ne plus jamais s'approcher d'elle.

C'est ce jour-là qu'il décida qu'il lui écrirait tous les jours sans exception. Il lui promit d'être son « *Capitaine* ».

« C'est avec un bonheur immense que je te vois arriver au bout du quai. Tu es resplendissante dans ton pantalon sexy et ta chemise printanière. Cela faisait des nuits que je ne dormais plus pour pouvoir te faire la surprise. Tu avais bien remarqué que quelque chose mijotait en moi, tu me voyais sourire tout le temps, tu me connais suffisamment pour savoir que j'étais en train de te préparer une surprise. Le grand jour est arrivé, je te présente notre bateau vert et blanc.

Je peux enfin t'emmener en voyage sur notre voilier qui va nous permettre d'atteindre tous les plus beaux endroits du monde. Ton sourire illuminé montre à quel point tu es heureuse. Tu m'embrasses avec fougue, comme j'aime que tu le fasses. Je me rappellerai toujours ma surprise lorsque tu m'as bécoté de cette façon pour la première fois et depuis, je ne m'en lasse pas. Je veux encore sentir tes lèvres se poser sur les miennes de cette façon.

Nous larguons les amarres. C'est amusant, parce que je vois bien que tu es impatiente. Tu me poses des milliers de questions pour savoir comment faire. Tu veux m'aider à apprivoiser cette magnifique arche de notre bonheur. Je ris à te voir réfléchir à ce qui est bâbord ou tribord. Tu cherches à comprendre comment tout cela fonctionne et comment nous pourrons naviguer ensemble sur toutes les mers.

C'est un bonheur intense qui m'envahit lorsque je te vois ainsi. Tu as une totale confiance dans mes manœuvres et tu attends mes injonctions et y réponds immédiatement avec précision. Tu manipules les écoutes et les voiles parfaitement. Tu comprends très vite, comme d'habitude. Tu es rayonnante. Nous quittons à peine le port que déjà, la communion de nos âmes permet de démontrer, une fois de plus, notre complicité, notre union.

Tes cheveux volent au vent et je te sens totalement libérée. Lorsque tu te retournes vers moi, tandis que notre embarcation avance délicatement, c'est mon cerveau qui chavire. Ton regard est rempli de paillettes et ton sourire en dit plus que l'ensemble des écrits sur l'Amour. Je souris bêtement vers toi, je t'appelle pour que tu viennes me rejoindre à la barre.

Cependant, tu préfères juste m'envoyer un baiser du bout des doigts. Je sais ce que cela veut dire, tu es déjà en train de retirer ton bas. Je ris avec entrain. Tu te places à la proue du navire pour me montrer la direction à suivre. Cette fois, c'est moi qui suis à tes ordres alors que tu es juste vêtue de ta magnifique blouse qui vole dans le vent.

Je suis en émoi, complètement enivré par le spectacle et par l'Amour que je te porte. Je te vois revenir vers moi. Alors que le peu de tissu qui reste sur ton corps se fait bercer par la force éolienne, j'entrevois ton sexe que je connais parfaitement. Je sais que tu me montreras une plage sur laquelle tu voudras que nous fassions l'amour.

Je m'enflammerai, puis je m'endormirai dans tes bras. Nous nous retrouverons, nous formerons comme à chaque fois, un seul être. Mais pour l'instant, tu viens simplement vers moi et je te propose de prendre la barre. Tu es étonnée de la facilité qui permet de choisir la direction. Tu écoutes le vent, tu regardes au loin. Tu me guides vers les folles aventures que nous propose notre destinée et tu me demandes : « Vers où allons-nous, capitaine ? »

Je te réponds franchement et fermement : « Vers le Bonheur, car je suis un homme ».

Dans une autre lettre, *Romantique*, il lui promit de le devenir.

« La définition du romantisme du dictionnaire Larousse est la suivante : “Qui se réclame du romantisme. Chez qui la sensibilité et l'imagination l'emportent sur les qualités pratiques, qui a une conception idéaliste de la vie.”. Il n'y a pas besoin de réfléchir beaucoup pour savoir que cette description nous convient à tous les deux, à notre Amour.

Ce sont dans les détails que je te montre à chaque instant que je suis fou de toi. Par un bouquet de roses, par un cadeau, par une arrivée particulière à vélo. Dans ces instants, à nouveau, mon cœur chavire. Ton sourire est tellement immense qu'il m'ouvre ton cœur. Le mien s'emballe et je veux pouvoir te le montrer.

Offrir des bijoux, des fleurs pour ton appartement, des parfums à rendre fou ou encore acheter une maison à Bergame, tout le monde veut le faire. Pour moi, cela n'est pas assez. Notre Amour vaut beaucoup plus que cela. Le bonheur intense que nous partageons toi et moi lorsque nous nous offrons ces moments de romantisme valent toutes les richesses du monde.

T'appeler tous les jours, non pas pour s'échanger des banalités, mais pour entendre ta voix. T'appeler « mon amour » avec toute ma passion et ma fièvre, afin que tu te réjouisses de voir apparaître mon nom sur ton écran. Je ne devrais même pas insister pour que l'on se voie, car tu saurais que je t'ai préparé un programme digne d'une soirée de gala.

Tout ceci ne peut être suffisant pour nous deux. Je veux décupler ces gestes, je veux te montrer au travers d'eux qu'à chaque instant, je dois conquérir ton cœur. Ainsi, tu recevras toute la force que j'ai en moi qui protège notre Amour, notre relation, nos âmes, nos cœurs. Le romantisme forgera une coquille protectrice de Joie autour de nous.

La créativité qui bouillonne en moi me permet de trouver toutes ces petites idées qui peuvent te faire rire, t'émouvoir ou encore t'émoustiller. Dans ton regard, je peux trouver toute la tendresse et l'admiration que tu as pour moi lorsque j'utilise mon originalité pour te faire vibrer. Dans ces moments magiques, nos yeux deviennent le canal par lequel nos âmes se cherchent.

Nous plongeons dans nos regards afin que nous puissions échanger nos sensations de félicité. Nous voyons le plaisir que nous avons d'être ensemble, l'étincelle que nous échangeons permet de faire pétiller nos regards. Nos amis, notre famille, les inconnus voient que nous sommes en symbiose. Le plus important, c'est que lors de ces moments intenses, nous nous le montrons.

Les trop rares moments romantiques que nous avons vécu jusqu'à aujourd'hui ne sont que les amuse-bouches annonciateurs d'une vie amoureuse basée sur le romantisme. Nos idéaux vont montrer à la Terre entière qu'ils doivent triompher face à la monotonie. Grâce à notre idylle, j'ai découvert que je veux te le montrer.

Je veux te prouver que ce dont les auteurs parlent dans les livres, les mots d'amour et de bouillonnement ne sont rien par rapport à toutes les surprises que j'ai envie de te préparer. Chaque jour, tu viendras vers moi pour célébrer cette connivence que nous avons vis-à-vis du romantisme. Wagner et sa Walkyrie, ce n'était que le début d'une philosophie de vie.

Tu es tellement réceptive à ces instants magiques que je te l'annonce fièrement, le torse bombé :

« Ma dulcinée, je te promets une vie plongée dans le romantisme, car je suis un homme. Les quelques démonstrations passionnées que j'ai pu te faire sont totalement insuffisantes. Attends-toi à une fougue romantique hors norme, car je suis un homme, Ton homme. »

Trop tard. Ces deux mots tombèrent extrêmement violemment dans la vie de M. Machin. Une guillotine eut été moins efficace pour décapiter l'amoureux qu'il avait été. Il se promit de ne plus jamais se laisser berner. Il se rappela d'ailleurs implicitement cette règle numéro 1 : « Ne jamais tomber amoureux. » Trop tard. T*e laat. Too late.*

Comme tout galant éconduit, il se posa des milliards de questions. Il se ridiculisa avec des dizaines de SMS. Il voulut inventer une machine à remonter le temps. Juste quelques jours à peine, tout simplement pour pouvoir dire les mots magiques que sont les « je t'aime » ou encore « mon amour ». Alors qu'il était déjà en train de glisser vers les abysses, une énorme main invisible appuya sur sa tête pour le plonger encore plus loin dans l'obscurité. Durant toute sa vie, il avait ignoré la nécessité de dire son amour, de déclamer ses sentiments.

M. Machin a toujours été en ébullition. Il avait constamment été torturé par ce qu'il ressentait au fond de lui. En poursuivant sa descente aux enfers, son esprit remontait le temps à la vitesse de la lumière. Il avait appris à se taire, à ne pas faire exploser sa colère, à ne pas dire les choses qui fâchent. Il avait scrupuleusement respecté sa ligne de défense mise en place depuis toujours : ne jamais dire quelque chose qui pourrait se retourner contre soi. C'est ce bastion de protection qui sombrait avec lui.

Une soirée lui vint à l'esprit. Alors que *qui tu sais* le présentait à ses amies, une de celles-ci le reconnut. Elle lui expliqua qu'elle se souvenait parfaitement d'un épisode qu'il y avait eu entre eux. Après une rencontre, M. Machin lui avait écrit une lettre enflammée. Elle avait pris peur. Elle avait estimé que cette lettre ne pouvait que contenir des mensonges ou être écrite par un maniaque, parce que les mots étaient trop beaux pour elle. Dans sa descente vertigineuse vers les douleurs de ses démons, M. Machin s'en souvenait aussi. C'était une des premières fois où il avait écrit ses sentiments et aussi une des premières fois où il s'était promis de ne plus jamais le faire. Ce jour-là, il avait perdu une amourette. Ces écrits s'étaient retournés contre lui. Cette fois, le château fort protégeant ses plus profonds ressentis avait détruit sa plus belle histoire d'amour. Alors que *qui tu sais* avait été patiente, avait attendu que le pont-levis se baisse pour elle, celui-ci était resté verrouillé. Elle est donc partie. Trop tard. *Te laat. Too late.*

16

Julie relut « Capitaine » et « Romantique » et ne comprit absolument pas pourquoi *qui tu sais* y avait été insensible. Évidemment, elle comprenait très bien la position de non-retour qu'elle s'était imposée, de là à rester froide et distante par rapport à des déclarations de ce genre, il y avait de nouveau quelque chose d'illogique. Elle sourit avec cynisme en constatant glacialement que les rapports entre humains manquaient beaucoup de mathématique. Surtout dans ce cas, où un plus un égale amour infini tandis que ce couple avait préféré rester à zéro.

Elle fut certaine qu'il n'y avait eu aucune réaction, car elle n'avait plus revu *qui tu sais* et M. Machin ensemble. Il ne lui avait d'ailleurs jamais parlé de sa production de textes. Elle s'arrêta quelques instants pour réfléchir. Elle avait beau remonter dans le temps, il ne lui avait pas confié ce secret. Elle était au courant de son érudition et de son goût pour les arts, mais n'avait absolument pas connaissance du fait qu'il en produisait lui-même.

Une terrible pensée l'envahit soudainement. Aucun mot n'était assez fort pour refléter son angoisse soudaine. Épouvantable, abominable, effroyable auraient hypothétiquement pu décrire la stupeur qui l'envahit. La lumière accablante sortit de la brume et elle comprit la leçon que M. Machin était en train de lui faire découvrir : *qui tu sais* n'avait jamais eu accès à ces textes. Même elle, n'avait pas eu ce privilège. C'était beaucoup plus qu'un jardin secret, c'était un coffre caché au fond du cachot d'une prison gardée par un dragon sanguinaire. Une seule personne y avait accès, l'auteur des écrits. L'argoulet qui protégeait la production empêchait l'écrivain de partager ses sentiments avec celle qu'il aimait pourtant de tout son être.

Dans une des dernières feuilles du colis, elle trouva l'explication de ce comportement très particulier de M. Machin.

« Chère Julie,

Je pense que tu seras bientôt apte à ouvrir la lettre qui est dans cette boîte. Auparavant, je dois me confier à toi. Tu l'as certainement compris, j'ai écrit beaucoup de choses à *qui tu sais*. Elle me manque terriblement, malgré les années. Ma production littéraire ne m'a pas aidé à faire mon travail de deuil. C'est ainsi.

Je m'étais promis de lui écrire tous les jours et je m'y tiens. Il y a des centaines de feuilles archivées et qui seront très certainement étudiées après mon décès. Auparavant, il m'arrivait de les relire, je ne le fais plus. Tu es la première personne qui lit les mots qui reflètent mes sentiments profonds. Même *qui tu sais* n'y a pas eu accès. Je lui ai écrit des millions de mots, mais jamais je ne lui ai laissé l'occasion de les lire.

Mon écriture était mon secret et ma peine. Je la partage avec toi. Sache que j'ai appris relativement tôt que j'avais une *belle* plume et donc la possibilité d'exprimer mes sentiments. Seulement, ceux-ci me traumatisent. Je me terre au fond du trou le plus profond de l'univers lorsque je dois les évoquer. Je les cache donc dans l'écriture. Lorsque durant mon adolescence, je m'étais ouvert à une douce au travers de mes mots et qu'elle m'éconduisit en se moquant de moi, je n'ai plus été capable de faire lire mes textes. J'ai bien essayé plusieurs fois, mais ce que j'avais au plus profond de moi restait dans ma clandestinité. À chaque fois que j'arrivais à m'exprimer, c'est parce qu'il était trop tard…

J'ai encore un secret à te confier. *Qui tu sais* et des millions de gens sur la planète m'ont lu. Peut-être même toi, je n'en suis pas certain. C'est une saga à l'eau de rose que j'avais écrite pour me moquer des romans de gare. *Le château des représailles* est mon œuvre. Plus de quarante millions d'exemplaires vendus, un film, une mini-série télévisée et traduit dans environ 80 langues. Je n'ai jamais avoué que c'était moi. Évidemment, mon éditeur sait très bien qui se cache derrière Paul Verlan, mais pas un journaliste n'a été mis au courant. Aucune interview, rien.

40 millions de copies abrutissantes d'une histoire complètement stupide et le tout exprimé au présent. Je voulais me payer la tronche de la bêtise humaine et elle m'a rattrapée, m'a englobé. Au lieu d'essayer de lui permettre de s'élever, comme je le faisais avec toi, je l'ai laissée dans sa propre merde. Cela a fait ma fortune. C'est ainsi. Le destin et son cynisme se sont bien joués de moi durant toute mon existence. Les seuls écrits que les gens ont lu de moi sont les plus pourris de ma production. Une daube illisible sauf par des folles dépressives en manque d'histoire morbide. Elles se délectent de mes mots dans le train ou sur les plages. J'aurais tellement préféré qu'elles lisent du Verlaine et non du Verlan…

Qui tu sais aurait-elle été fière de moi ? »

Julie était fière de lui. Émerveillée même. Elle avait commencé *le château des représailles*, mais effectivement, l'avait trouvé idiot. Il n'y avait pas d'autre terme. Une famille riche qui se déchire autour de sa fortune au fil des générations et des guerres. Des passions et des langues qui se lient et se délient. Tout ce qu'elle détestait, mais qui faisait du chiffre. Que M. Machin en soit l'auteur, elle n'en revenait pas. Lui qui mettait un point d'honneur a bien s'habiller pour aller écouter de la grande musique avait écrit l'équivalent d'une chanson populaire ! Fière, ô oui, elle était fière de lui.

Julie comprit enfin la vie de M. Machin. Il s'était interdit de montrer ses sentiments, inconsciemment ou non. C'est essentiellement la dernière question de la lettre qui l'affligea. Comment pouvait-il douter du fait que son amoureuse, son étoile n'aurait pas pu être fière de lui. Avait-il lui-même oublié ses propres conseils. Ne l'avait-elle plus regardée au travers de ses yeux de chercheur de trésor du fond des âmes ?

Julie venait de mettre le doigt sur le problème. M. Machin était aveuglé par la peur de son Amour au point qu'il ne voulut pas voir ce qu'il y avait au fond de l'âme de *qui tu sais*. S'il eut osé y pénétrer, il aurait vu non seulement cette fierté colossale, mais toute la compassion qu'elle avait pour lui. Elle s'émerveillait devant l'homme qu'elle considérait comme son futur époux. Fière, le mot n'était pas suffisant pour exprimer ce qu'il aurait dû voir en elle. Comblée, épanouie, joyeuse, rayonnante, profondément amoureuse. Elle fut passionnée par cet homme extraordinaire.

Julie fut consternée. Elle émit l'hypothèse que l'étoile de M. Machin s'éclipsa de sa vie, car elle avait eu besoin d'entendre les mots d'amour et de réconfort. Or, il ne le fit jamais. Il se battit pourtant comme un diable. Il utilisa ses écrits comme thérapie. Il écrivit même ce qu'il considéra comme sa ruine, son *Château des représailles* le débectait. Son œuvre était adressée à *qui tu sais*. Il avait écrit pour elle, mais pas à elle.

La théorie que Julie élabora était correcte. Malgré l'Amour puissant, énorme, illimité qu'il lui portait depuis le jour de leur rencontre, il n'était jamais parvenu à lui ouvrir son cœur. Elle le quitta, car elle avait besoin d'entendre les mots, de voir tout l'Amour qu'il avait pour elle, pas seulement y croire. Ces quelques lettres choisies avec précision pour un ultime enseignement en étaient la preuve formelle. Les larmes coulèrent sobrement sur les joues de Julie. Elle pensa à tout ce gâchis, à ce pacte, à tout cet amour véritable qui ne s'était jamais exprimé. Elle repensa à son propre mariage et saisit la dernière enveloppe.

« Julie, termine ton cheminement par cette lettre. »

17

« Chère Julie,

Si je t'ai envoyé tout ce courrier, c'est pour que tu ne vives pas les mêmes déboires. Je suis devenu un vieil aigri cancéreux. Je n'en peux plus de la vie et de son cynisme. Je suis prêt à partir dans l'au-delà et y découvrir s'il y a quelqu'un à qui je peux faire un bras d'honneur phénoménal et l'envoyer chier.

Pardonne-moi d'être vulgaire. J'ai de la rage et de la colère en moi d'être passé à côté de ma vie. Je ne crois plus en l'amour. C'est une vaste fumisterie qui n'existe que dans les romans de gare. Cela fait plus de 30 ans que j'attends le retour de celle que j'ai toujours aimée. Je me suis refusé à toute autre aventure. Je n'en avais pas besoin. Les femmes qui sont venues vers moi n'en valaient pas la peine. J'ai préféré rester seul avec mes écrits, mon chagrin et ma fidélité.

Un été, tu t'étais demandée si les garçons de ton âge comprendraient ce qu'était le *pacte des promesses*. Je suis certain que le seul pacte que les boutonneux à la voix rauque acceptaient, c'était celui qui permettait de tripatouiller au fond de la chatte des filles faciles, d'éventuellement les pénétrer, mais surtout qu'elles se démerdent pour qu'ils puissent décharger leur foutre.

Le pire, c'est qu'ils ne changeraient jamais. Comme cela fonctionne, pourquoi changer? Il y aura toujours une épouse, une maîtresse ou une prostituée pour accomplir ce travail d'hygiène sexuelle. Par contre, pour comprendre le pacte et l'appliquer, il faut trouver l'élue. Dans ton cas, c'est l'élu. Moi, je l'avais trouvée, mais j'ai dû attendre qu'elle soit sortie de ma vie pour élaborer ce pacte. Ô Julie, j'en souffre encore énormément. J'aurais tellement aimé que nous nous soyons unis autour de ce pacte et qu'en guise de rappel, de temps en temps un "clac-clac" vienne cogner sur la porte de la chambre avant de repartir vers la construction du bonheur.

Je t'implore, Julie, de ne pas gâcher ta vie comme la mienne. Aujourd'hui, je vais crever pour de bon. Cela fait des décennies que je suis rongé par la tristesse. C'est bien plus destructeur que le crabe qui se balade en moi. Ouvre tes yeux et surtout ne te trompe pas. Sois dans les gagnants du jeu "pacte ou pas pacte". Deviens madame la Professeur. Suis mes conseils. Je n'y suis pas parvenu. Toi, tu y arriveras.

Je te commande de réaiguiser ton âme de chercheuse de trésor à découvrir au fond des âmes. Je suis persuadé qu'avec ton mari, tu n'avais pas appliqué ce premier principe. Je ne dis pas que tu aurais dû fuir, je pense qu'il n'y avait pas le magot que tu méritais. Tu es un diamant, tu dois trouver le tailleur de pierres précieuses qui te mérite.

Ensuite, cet homme doit comprendre et appliquer le *pacte des promesses*. Grâce à ces deux principes, tu seras une femme comblée, épanouie, joyeuse, rayonnante, profondément amoureuse. Considère cette lettre comme mon testament. Promets-moi de t'y tenir. Une copie de cette lettre est déposée chez le notaire Machin qui te contactera lorsque les Suisses m'auront soulagé.

M. Machin »

18

Julie essaya vainement de recontacter son voisin. Il était déjà parti vers le pays des montagnes qu'il voulait revoir une dernière fois. Il avait décidé qu'il avait assez souffert. Il s'était adressé à un centre de suicide assisté à Zurich. Pour tirer sa révérence, il avait choisi l'anniversaire de leur date de rupture. Jusqu'au dernier jour, il l'avait aimée.

Lorsque Monsieur 20 heures annonça la mort de Paul Verlan, les fans de la saga pleurèrent dans une ultime et pathétique symphonie télécommandée. Julie, elle, perdit son mentor, ses larmes véritables lui lavèrent le cœur. Elle se promit de suivre le testament et de construire son bonheur. Elle décida d'envoyer toutes ces lettres à *qui tu sais*. Elle n'eut pas de réponse.

ÉPILOGUE

Très chère qui je sais, mon étoile du berger,

Ce roman vous est destiné, car vous m'avez fait la demande de vous écrire. Vous avez depuis longtemps constaté que je suis incapable de parler de mes sentiments. Je vous en avais interdit l'accès. Au travers de ces pages, vous avez bien compris que je me suis livré à vous.

Je veux absolument suivre la recette indiquée par le personnage de M. Machin. Ce pacte des promesses, je m'engage évidemment à m'y tenir. Seulement, ce n'est pas assez. Ce n'est pas un personnage de fiction, bien qu'il me ressemble, qui doit occulter l'homme que je suis. L'homme qui vous aime, pardon, qui vous Aime.

Par ce récit thérapeutique, j'ai fait tomber de nombreuses barrières. Cet épilogue me permet d'en détruire la principale. Je ne veux pas seulement vous parler au travers d'une histoire. Je souhaite utiliser ma plume pour me dévoiler à vous. Je vous aime profondément.

Les textes « capitaine » et « romantique », M. Machin ne les a pas écrits. C'est moi. Ils vous sont adressés à vous. Chaque mot utilisé a été pesé, réfléchi, sorti de mes viscères. Il y avait pourtant un dragon qui protégeait ces paroles. Il s'est battu jusqu'à la mort pour m'empêcher de lui voler ce trésor que je vous dédie.

Ce roman, il est pour vous, mais vous n'en êtes pas la seule lectrice. Ce livre, à l'instar du pacte de M. Machin, représente bien plus qu'un simple tas de feuilles reliées. Je suis certain que vous êtes de taille à comprendre l'essence des mots et de l'histoire qui y sont couchés. C'est bien plus qu'un guide vers le bonheur, c'est ma mise à nu. Pour vous uniquement, grâce à l'Amour que je vous porte.

Au travers de cette œuvre, je n'ai pas seulement besoin de vous crier mes sentiments. Je veux les montrer au monde entier. Soyons fous, vivons notre folle histoire. Imaginons qu'une maison d'édition accepte de publier cette fiction, tous les lecteurs sauront que vous êtes ma muse, ma dulcinée, ma promise.

Je souhaite vous prendre la main, vous associer à chaque instant de ma vie, vous présenter à la planète entière. J'aimerais que personne ne puisse oser me dissocier de vous. J'ambitionne de faire comprendre que chaque syllabe sortie de mon esprit romantique et immortalisée dans un manuscrit est le fruit de votre influence.

Comme mon ami Rudy, je veux vous déclamer tout mon amour en public. Monter sur une scène pour y réciter la passion que j'ai pour vous. L'univers et au-delà doit se rendre compte à quel point je suis fier de pouvoir vous tenir la main. La bulle d'amour qui nous unit va éclairer les endroits les plus sombres pour les rendre lumineux.

Comme lors de ma première journée dans le monde du cinéma, je veux continuer à voir vos yeux brillants de fierté et d'amour. Ces yeux que M. Machin n'a pas été capable de voir, je m'y accroche. Vous êtes mon guide, mon étoile, ma flamme, ma passion, ma moitié.

Je veux encore que vous me sondiez avec votre œil qui ne louche que d'un côté, que vous plongiez en moi pour trouver le trésor qui vous sied. J'attends que nous nous abandonnions encore passionnément dans nos ébats. Je me permettrai d'admirer encore votre point de beauté au bout de votre nez.

Je vous promets de suivre le pacte chaque jour, chaque instant. J'attends de vous le célèbre « clac-clac » de rappel au cas où, cela arrivera, je ne serai pas à la hauteur de nos sentiments. Je veux être garant de toute la fougue qui nous unit dans l'Amour que nous nous portons.

Aussi, je terminerai ce livre sur une question :

« Très chère qui je sais, voulez-vous vous unir avec moi dans le mariage, être mon épouse ? Je me permettrai d'avoir auprès de moi une femme comblée, épanouie, joyeuse, rayonnante, profondément amoureuse, Vous. »

Votre Nicolas, pour l'éternité.

Imprimé en France
ISBN 979-10-203-1798-8
Dépôt légal : 4e trimestre 2018